U0084162

魔豆

魔豆

我，精靈王缺錢！
Elf, foods and save the world!
06
醉琉璃——著

06

目錄

楔子

法法依特南大陸如今已進入深秋時節，但因地理位置，氣溫上沒有大幅度的變化，最多只是比夏季涼了些許，蘊含在空氣裡的水氣相當充足。

然而這一切感受，在進入面前的沙漠後完全不同了。

明明還在南大陸上，但僅僅是幾步的距離，天氣瞬間有了天壤之別。

前一刻還萬里無雲的蔚藍晴空被濃厚雲層籠罩，陰沉的灰黑色調帶給人一種無形的壓迫感。雲間能隱隱見到枝狀的電光快速閃逝，不時還會聽見雷鳴轟隆作響。

明明上方已烏雲密布，但空氣卻反倒格外乾燥，原本的濕潤有如幻夢一場。溫度跟著一口氣提高許多，即使沒有強烈日光照下，暴露在衣外的皮膚依舊能感覺到熱浪造成的刺痛。

可以說一走進這座沙漠裡，就好像踏進了一個截然不同的世界。

這片沙漠在地圖上被稱爲瓦倫蒂亞沙漠，但更廣爲人知的是另一個別稱。

——神棄之地，被眞神遺棄的地方。

有關這名字的由來眾說紛紜。

最被認同的說法是沙漠裡曾有一座神殿，祭祀著羅德、謝芙兩位眞神。但神殿裡的祭司因為失德引發神怒，眞神降下雷罰，神殿被毀，祭司被驅逐。最後就連這塊區域也被眞神厭棄，失去了神的祝福，才會導致環境格外惡劣。

雖然至今沒人知道這裡是不是眞的被神明遺棄，但瓦倫蒂亞沙漠的氣候異於南大陸其他地方，確實是不爭的事實。

瓦倫蒂亞沙漠的天氣往往在短時間內會出現極端變化，有時甚至一天內就能經歷狂風、暴雨、冰雹、酷熱、霜雪。

加上沙漠裡還躲藏著凶惡的蟲系魔物，除非逼不得已，否則大陸上幾乎無人想踏入籠著不祥氣息的瓦倫蒂亞沙漠。

但這一天，這座罕有旅行者接近的沙漠，迎來了幾位客人。

他們騎著在沙漠或一般陸地都能靈活行動的駝馬，在踏進瓦倫蒂亞沙漠的領域後便停了下來。

領頭的是體格精悍的中年男人，嘴角邊有個像勾子的傷疤，是他面容最大的特徵。

緊跟在後的是一名高挑健美的短髮女人，和一名身材瘦小的男性，前者的駝馬上還乘載著約莫十歲的小女孩。

綁著辮子的小女孩緊抱著包包，坐在駝馬的背上，傻愣愣地看著前方一望無際的荒涼沙漠。

土黃色的沙粒鋪滿所有能看到的角落，似乎要綿延到天邊，除了沙子外，似乎一無所有。

「漢娜，妳該下去了。」葛萊特回過頭，看著小女孩的眼神冷淡中帶著不耐。

「叔叔？」漢娜一臉茫然，不明白葛萊特爲什麼突然這麼說。

坐在漢娜身後的艾曼達則是不給她反應的時間，直接奪走她抱著的包包，拎住她的領子，像拎小雞一樣把人從駝馬上扔到地上。

大片沙子成了緩衝，讓漢娜沒有受到太大傷害，可心靈上遭受的打擊卻無比猛烈。

漢娜愣了半晌後終於意識到，自己被人丟下來了。

「叔叔！叔叔！」她的臉蛋褪去血色，眼中布滿驚惶。她急急爬起，伸手想抓葛萊特的腳，「求求你讓我上去！別丟下我！我做錯什麼了嗎？叔叔！」

艾曼達居高臨下地俯視驚慌失措的小女孩，嘴角的微笑帶著一股惡意，「老人可不是妳叔叔啊，漢娜。」

「……咦？」漢娜以為自己聽錯了，腦袋一時轉不過來，臉上的表情跟著卡在慌張與錯愕之間。

「艾曼達說的沒錯。」葛萊特拉開了與漢娜的距離，「現在妳可以滾了，別再跟著我們了。」

這個動作深深刺激到漢娜，她紅了眼眶，跌跌撞撞地又想再衝向葛萊特。

安德魯驅使著駝馬，擋到了漢娜跟前，那雙黃銅色的眼睛平時都像毒蛇閃著精光，但此刻細看的話，裡頭似乎還有那麼一絲憐憫。

漢娜分辨不出安德魯眼神的含意，她只知道自己要被僅剩的親人拋棄了。她將孤伶伶地留在沙漠裡，就算幸運地走出沙漠，也得一個人想辦法生活。

不可能……這做不到的，我根本做不到！

「騙人、騙人……」漢娜喃喃地說，緊接著爆出一聲尖叫，「叔叔和艾曼達一定是在騙我的吧！叔叔你那時明明說過，是我唯一的家人……」

「當然是騙妳的。」艾曼達不以爲然地笑了，「妳還眞傻乎乎地相信了？要不是團裡需要一個年紀小的孩子，好方便接近暗夜族的小孩，誰會想玩家庭遊戲？眞是……找個適合的小鬼可是花了點時間，總算妳有派上用場。本來遊戲該結束了，偏偏一堆人在追捕我們，沒辦法直接把妳這個負擔丟了，否則妳哪能一路跟到這來？」

漢娜僵著身體，即使站在這個悶熱的沙漠中，卻覺得手腳漸漸發冷，耳邊的聲音好像也跟著變得模模糊糊，聽不眞切。

他們……在說什麼？

什麼叫爲了找個適合的小鬼，也是花了一點時間？

什麼叫總算有派上用場？

派上用場……派上用場……這幾個字刹那間如閃電劈進了漢娜的腦海，她緊抓著自己的衣襬，用盡力氣地吶喊出聲。

「我、我還有用的！叔叔，拜託你讓我繼續跟著你們！」

「喔？」葛萊特被勾起了幾分興趣，策馬來到漢娜身前。

「蘿麗塔，我可以照顧蘿麗塔！一路上都是我負責照顧的，而且……」漢娜拚命尋找能讓自己留下的理由，「要是蘿麗塔醒過來了，我可以安慰她！」

漢娜眼裡迸出強烈的光芒，語氣亢奮，「對，我可以安慰她！讓她聽叔叔的話！」

葛萊特笑了，他倒是沒想過這個小丫頭能那麼識時務。比起哭哭啼啼，只知道抱著自己哀求的行爲，現在這樣反而讓他滿意。

況且，假如暗夜族的小公主甦醒過來，有漢娜負責安撫的確會方便許多。

「艾曼達，把她帶上吧。」葛萊特吩咐道。

「妳得感謝老大的好心。」艾曼達彎下身，輕鬆地將漢娜重新提回駝馬背上，「把包包抱好，妳全身上下加起來都比不上那個包重要。」

漢娜咬著嘴唇，她抱住包包，心中忍不住湧上一抹委屈和憤慨。在艾曼達看不見的角度，用力打了包裡的東西一下。

駝馬載著人繼續深入沙漠。

葛萊特幾人的運氣不錯，一路走來沒碰到嚴酷的天氣變化；有碰上幾隻蟲形魔物，但稱不上是太難應付的敵手。

他們走了將近一整天，直到夜幕降臨、難以辨認方向後，終於到達了目的地。

漢娜本以為沙漠裡就只有數不清的黃沙而已，沒想到在沙漠的中央還矗立著高聳的岩山，多座黃土色的巨大碉堡沿著山壁建造。

厚實的圓牆圍繞在外圈，為了防避外界的風沙，碉堡上的窗口數量相當少，開口也不大；牆垛處豎立著一根根火把，照亮了碉堡附近的景象。

還沒等到葛萊特一行人靠近碉堡，就有人率先迎了上來。他們全副武裝，看著葛萊特等人的目光銳利。

「我們是千鳥獵團。」葛萊特露出笑容，嘴角旁的疤痕跟著扯動，主動拿出身分證明並表明來意，「聽說拍賣會快舉行了，我們是來送貨的。我們這裡有非常棒的商品，相信榮光會會相當感興趣的。」

只有獎金獵人才會使用「獵團」這樣的稱呼。

碉堡的兩名守衛對望一眼，隨後其中一人朝葛萊特一揮手，「把你們的駝馬留著，會有人把牠們帶去另一邊安置的，你們跟我進來吧。」

從外面看，碉堡是一座座的，但裡頭其實打通相連，內部構造就像一座微型城市。

可以見到街道林立，人來人往，還能看到迷你農場，綠油油的植物長勢喜人。

這裡的生活條件完全可以自給自足，只不過頭頂上方不是天空，而是凹凸不平的岩石穹頂。

缺少自然光源照入，這座城市裡的照明光源都是使用日核礦。淡白的光芒映亮了室內，偌大的建築物陰影也一併投下。

除了藏在碉堡中，這裡看起來和外界城市似乎沒有太大的差異。

可是漢娜卻本能地感覺到這地方的人們都散發著令人害怕的危險氣息，他們投向自己的視線，就好像在看一件可以估價的貨物。

她戰戰兢兢地緊跟葛萊特，深怕稍一不留神，自己就會在這陌生的地方走丟，或是落入不法分子的手中。

守衛帶領葛萊特等人穿過蜿蜒的通道，進入了一幢屋子。本以爲已經到達目的地，卻又再繼續往內部不斷深入。

最末，他們終於在一扇前方佇立著兩名男人的大門前停下。

漢娜注意到，那兩人穿著同款式的深灰制服，左胸位置都別了一枚圖案特殊的胸章。他們神色冷酷，面無表情，好像戴著一張僵硬的面具。

漢娜反射性把包包抱得更緊，像是這樣做就能讓自己獲得力量。

碉堡大門的守衛對著他們低聲說了幾句，一人點點頭，推門進入，片刻後又折返。

「卡莫拉大人說可以見你們一面。」灰衣男人說道。

艾曼達和安德魯飛快交換了眼神，心中忍不住有絲興奮。他們都聽過柯薩諾・卡莫拉的大名。

表面上，瓦倫蒂亞沙漠就是片荒涼又不祥的地方。有著「神棄之地」之名的它，壓根不會有多少人願望主動靠近。但在暗地裡，其實隱匿著一座黑市。

黑市由一個名為「榮光會」的幫派管理。

此時葛萊特幾人即將見到的卡莫拉大人，便是榮光會的現任首領，他在這裡的地位堪稱是地下皇帝。

葛萊特等人被帶進了一間隱密的包廂，裡頭已經有人坐著等候。

那人臉上戴著面具，無法判斷年紀，可周身氣質明顯經過打磨淬鍊，散發出一股令人難以忽視的威壓。

他的衣著低調中透出華麗，精巧的繡紋分布在衣襬和袖口位置，雙排釦一路扣到最頂端。擱放在扶手上的右手戴著一枚引人注目的奢華戒指，戒指中心用紅寶石和銀鑽鑲嵌出的圖紋，就和灰衣守衛們佩戴的胸章徽紋一模一樣。

「卡莫拉大人，就是他們。」灰衣男人恭敬地說道。

「聽說你們帶來了好東西？」卡莫拉的手指慢慢地敲動，面具後的雙眼深沉地在葛萊特等人身上轉過一圈，「如果是那個小女孩，那我會很失望。她甚至連合格的商品都稱不上，水準太低了。」

漢娜臉色慘白，身子發顫。她低下頭，不敢與卡莫拉對視，下意識只想往葛萊特身後躲。

「當然不是這種上不了檯面的玩意。」葛萊特將漢娜抱著的包包扯出來，「好東西在這裡，我相信她值得成為你們拍賣會的壓軸。」

葛萊特打開了包包，鄭重其事地將裡面的東西捧了出來。

乍看下會讓人以為是精緻的洋娃娃，但從那微微起伏的胸脯來看，就能發現那原來是肖似洋娃娃的小女孩，只是體型比常人要小上太多。

而真正引起人注目的不是她精美的容貌和打扮，而是她背上那對耀眼的金黃蝠翼。

葛萊特露出了胸有成竹的神態。果不其然，他見到了榮光會掌權人原本漫不經心的坐姿瞬間變得挺直。

「卡莫拉先生，容我向你介紹我們爲你帶來的珍貴商品。」葛萊特眉毛難掩得意地挑起，「不，或許用『珍貴』兩字都還不足以形容她的價值。」

葛萊特咧咧嘴，特意用了誇張的手勢和語調，宣布著他的答案。

「——暗夜族的小公主！」

第1章

火星「啪」地從火堆中爆開，細小的聲音在黑夜裡被放得格外響亮，燃燒猛烈的火焰也將樹林中的黑暗驅散幾分。

圍坐在火堆前的正是繁星冒險團，與暗夜族的伊迪亞。

原本這支隊伍中該還有一位非「繁星」的成員、紫羅蘭，但他另有要事，在半途就與翡翠幾人先行告別。

翡翠一行人從拉瑞蘭山道下來時夜色已深，便乾脆紮營在一座樹林之中。

暗夜族的小公主蘿麗塔被擄走後，繁星冒險團接下了暗夜族的委託，沿著冬狼冒險團留下的蛛絲馬跡，一路從大陸的西南部移動到東半部，並在冒險公會龐大情報網的協助下，終於掌握到對方可能的去處。

蘿麗塔的指甲是打造頂級武器和防具的最佳素材，這種東西當然是不可能光明正大流入市場的，因此冬狼冒險團的選擇只剩下——

黑市。

藉由冒險公會提供的資料，翡翠他們得知近期內將有兩處黑市會舉行拍賣會。一個藏在瓦倫蒂亞沙漠深處，另一個則是隱身在蘇蘇里西亞火山附近。兩者方向截然不同，其間距離也無法讓人在短時間完成來回。

所以他們必須從中選出一個作爲目標。

二選一啊，這可眞是世界上最討厭的選擇了……翡翠在心中感嘆一聲，折了一截樹枝扔進火堆裡。看著眼前的火堆逐漸壯大，橘紅的火光映亮他昳麗非凡的面龐，他決定等斯利斐爾回來再大家一起討論討論。

看他們到底是要去瓦倫蒂亞沙漠，或是蘇蘇里西亞火山？

瑪瑙沒待在翡翠的口袋或頭上，他選擇趴在翡翠的大腿上，雙手托著臉頰，痴痴地看著那張他最喜歡的臉。

珍珠坐在斯利斐爾鋪好的手帕上，文靜地看著她買到的新小說《暴嬌海族好難寵》，作者名依舊是寫著「伊斯坦」三個大字。

這讓翡翠不禁懷疑桑回是不是有八隻手，寫稿速度才有辦法那麼快，產量那麼高。

珊瑚本來是和珍珠坐一起的，但她才坐下就不停扭來扭去，好像手帕上扎了許多小針，沒一會就跑到旁邊，利用火元素搓起了小火球，從遠距離丟入火堆裡。

相較翡翠幾人呈現放鬆狀態，伊迪亞則是愁眉苦臉，眼底有化不去的淡淡憂鬱。

他擔心著他們殿下的處境，由衷希望她能一直處於睡眠期。

他只能這麼冀望，無法去考慮這以外的選擇。

翡翠瞄了一眼，覺得英俊的金髮劍士簡直像是被踢了一腳又遭到遺棄的大狗狗，頭頂上還懸著大大的「沮喪」兩字。

真可憐……這念頭只在翡翠心中停留不到一秒就散去。他低頭看著自己等等要吃的晚餐，感覺更可憐的其實是自己。

慘，太慘了。

必須吃乾巴巴的乾糧就算了，乾糧裡居然還塞了好幾枚晶幣，這頓晚餐根本就是喪心病狂。

負責製作這份喪心病狂晚餐的斯利斐爾過沒多久就回來了。

只有他一個人，沒看見嘴上嚷著也要去巡視，轉眼就飛得不見人影的縹碧。

「縹碧呢？」都是同團隊的，翡翠還是意思意思關心一下。

「不知道。」斯利斐爾給了一個簡潔的回答。

「喔，那就當他又丟掉了吧。」自覺關心完畢的翡翠馬上把縹碧的事拋到腦後。他眼神發亮，咬了幾口的乾糧被他果斷扔旁邊，期盼的眼神閃亮亮地投向了巡完周邊的斯利斐爾，「有發現什麼嗎？例如虹兔啊、虹兔啊、還有虹兔啊。」

「這三個沒差別吧。」伊迪亞忍不住從憂鬱的情緒中脫離，「而且虹兔記恨又危險，在野外還是別碰到比較好。」

「但是虹兔的肉……」翡翠舔舔嘴唇，回味起當初來到這世界的第一餐，「超級美味的。」

伊迪亞閉上嘴不說話了。

和翡翠相處了這些天，他總算是更深入了解這個人對美食的執著程度。

舉例來說，他們這趟要找回蘿麗塔的行動被命名為「搶救公主大作戰」。

但在這之前，翡翠其實是想用食物來取名的，他說這樣一來更能增加他的動力，可惜他想來想去，只能從蘿麗塔身上聯想到蝙蝠。

而他，是拒吃蝙蝠的。

伊迪亞為此鬆了一口氣，畢竟他自己也是蝙蝠，著實不想跟一個會吃蝙蝠的人一塊行動，以免時時刻刻都得為自己的生命安全提心吊膽。

「沒有虹兔。」斯利斐爾眸光犀利地看著被翡翠扔到旁邊的乾糧，「別浪費您的晚餐，那是您今天該吃的份，除非您想由在下親自塞進您嘴裡。」

「斯利斐爾眞不愧是一個好隨從，他很注意你的身體健康呢。」伊迪亞被斯利斐爾盡責的發言感動了。

翡翠嘴角抽搐幾下，很想問伊迪亞是沒聽見斯利斐爾的最後一句話嗎？那怎樣都像個威脅吧。

他用桑回身上的金羊毛發誓，斯利斐爾絕對會用暴力方式來執行「塞」這個動作。

「不要斯利斐爾。」瑪瑙對此有意見，他趕緊爬起來，強力宣揚自己的存在感，「我來塞，會對翠翠溫柔的，會很小心地餵給翠翠吃的。」

「騙人！瑪瑙一定會趁機把自己也放到翠翠嘴裡的！」珊瑚大聲地說。

珍珠的眼神完全沒從書中離開，但她也沉穩地點了點頭。

翡翠看著臉頰泛著紅暈，眼睛閃閃發亮的瑪瑙，覺得壓力忽然有點大，他果斷轉移話題，「沒有虹兔，那有其他的嗎？最好是能夠做成美味烤肉的那種。」

斯利斐爾看看翡翠，再看看那故意被忽略的乾糧，發出了一聲冷笑，那態度就像是翡翠不吃完東西，就別想再從他這得到回應。

「啊……知道了、知道了。」迫切想得到美食情報的翡翠投降，他一把抄起乾糧，發揮超常速度塞進嘴巴裡，同時還得留意瑪瑙有沒有趁亂爬到乾糧裡面，把自己僞裝成夾心餡。

表情痛苦地將乾糧吃完，翡翠馬上雙眼炯炯有神地盯住斯利斐爾。

沒想到就在這一刻，一聲虎嘯猝不及防地打碎了林間夜晚的安寧。

接著又是好幾聲代表危險的虎嘯跟著響起。

「附近沒有兔子。」斯利斐爾彷彿沒有感受到危機逼近，只慢條斯理地將堆在地上的樹枝扔進了火堆裡，「——但有老虎。」

雲淡風輕的「老虎」兩字一落下，所有人就看見不遠處有數道壯碩的影子踩著無聲的步伐從林木後出現。

在場的都是夜視力勝於普通人的種族，立刻便看清影子的眞面目。

外貌和翡翠印象中的老虎相似，但頭上頂著兩個短短犄角，角上繞著一圈圈螺紋，讓翡翠想到了螺旋麵包；一身皮毛則是淡淡的奶黃色，上頭的斑紋是偏深的焦褐色。

兩種顏色組合在一起，瞬間讓翡翠心臟重重一跳，一股類似心動又飽含熟悉的感覺直衝上來。

可惜沒有更多時間讓他深入思考，理解那份心動的感覺源自何物，四頭奶黃色大老虎已鎖定獵物，眼珠在黑夜裡綠得發亮，宛如多簇燃動的森森鬼火。

凶暴的嘯聲再次從牠們喉中逸出，沒給獵物更多反應時間，牠們邁開四肢，絲毫不畏懼熾烈的火光，朝著火堆前的幾人直撲過去。

伊迪亞快速站起拔劍。

翡翠的動作同樣靈敏，將三隻小精靈都塞進包包裡，他抽出雙生杖，讓迷你木杖轉眼成爲一柄碧色長槍。

唯獨斯利斐爾紋風不動，他也不須要動，因爲老虎們直接無視了他的存在，彷彿視野內打從一開始就沒出現過他。

斯利斐爾不疾不徐地繼續折著樹枝，助長火勢變得更旺盛，「那是碧虎，一種有時會令人懷疑忘記帶了腦子的魔物，和在下認識的人也有點像。」

「我懷疑你在人身攻擊，但我沒有證據。」翡翠本來要衝出的步伐改爲急急往後退，「爲什麼這些碧虎會全往我這來？」

「因爲在下還沒說完，您可以等聽完全部再發問。」斯利斐爾的語氣就像在嫌棄翡翠沒耐性。

翡翠深吸一口氣，忍住想把長槍往斯利斐爾頭上砸的衝動。他驚險地閃避老虎們鋒利的爪子，還要分神壓住背包的袋蓋，以免裡頭的小精靈急著想出來。

「斯利斐爾，顧好他們，不然以後不只有晚上床邊故事，還附送白天也說故事！」

翡翠把包包往斯利斐爾所在的方向猛力一拋。

先前還一直袖手旁觀、壓根沒有任何動作的銀髮男人驟然起身，穩穩地接住了翡翠拋來的包包。

見魔物們把翡翠視作唯一目標，伊迪亞從後不客氣地偷襲了其中一頭，總算順利拉起對方的仇恨值，成功讓對方把注意力轉到自己身上。

少了一頭碧虎，翡翠還有三頭要對付。

一下子要一打三，翡翠不認爲自己能輕易獲勝。他思緒快速運轉，然後果斷地採取打帶跑策略，把不時對著自己流口水的碧虎們往另一端引去。

翡翠奔跑速度飛快，三頭碧虎雖說也不慢，但雙方還是出現了一段距離。

確認三頭碧虎仍沒有改變獵物目標的打算，翡翠也想好下一步的計畫。

他卯足了勁，筆直地狂奔向一棵粗壯的樹木，身後是碧虎們的窮追不捨。

就在翡翠即將和樹幹來個零距離接觸那刻前，他迅雷不及掩耳地往上一躍，像隻輕盈的小鳥落在橫出的一根枝椏上。

爲首的碧虎發現獵物失去蹤影，錯愕地瞪圓了眼，想要停住身勢卻已來不及。過猛的衝勁與力道讓牠一頭重重撞上樹幹，當場昏厥過去。

第二頭碧虎只落後前方同伴幾步，乍見同伴的慘況，牠緊張地想煞住腳步，但還是扭轉不了自己的命運。

雖然勢頭不那麼猛烈，牠依舊成了第二頭撞樹的老虎，癱倒在地面的那隻還被牠踩了過去，撞完後直接打滑再往旁邊一摔。

而明明目睹了同伴們的遭遇，僅剩的那頭碧虎猶然緊巴在樹下，對著樹上的翡翠執著地吼叫。

「哇喔……」翡翠蹲在樹上看完整個過程，不禁露出一言難盡的表情，「是真的蠢蠢的。」

怪不得斯利斐爾會嫌碧虎這種魔物沒有腦子。

既然碧虎一時半會間上不了樹，也沒有要轉頭換個獵物的意思，翡翠也不著急，而是將針對目標改向火堆前的斯利斐爾。

「所以說，這魔物爲什麼會緊追著我？而且你剛是故意沒回答我吧。」想到斯利斐爾話竟然只說一半，下一半遲遲還沒吐出，簡直像在故意卡劇情，翡翠就有點想磨牙，最好能拿對方的身體來磨。

「在下怕您會分心。」斯利斐爾說得理直氣壯。

翡翠微微一笑，朝斯利斐爾比出了中指。

斯利斐爾毫不在意來自翡翠的挑釁，對他而言，那就像小孩子無理取鬧一樣。他放鬆壓制在包包上的手勁，讓裡頭的小精靈可以頂開袋蓋爬出來。

「翠翠！」最快的永遠都是瑪瑙。

「好痛痛！剛是不是有人趁機踢珊瑚大人？」珊瑚揉著手臂，不高興地抱怨著。

「妳擋到我視線了。」珍珠語氣慢吞吞的，手上動作倒不慢，不給珊瑚回答的機會，就把她的腦袋往旁邊推，爲自己爭取到更好的位置。

看見翡翠安然無事地待在樹上，三名小精靈都鬆了一口氣。再見到那頭碧虎還是不死心地扒著樹，衝著上方的翡翠低吼，瑪瑙和珍珠不約而同地戳向珊瑚。

「幹嘛戳我？幹嘛戳我？」珊瑚怕癢地直閃躲。

「珊瑚，上。」珍珠言簡意賅地說。

「妳動作越慢上一秒鐘，翠翠就要多受一秒鐘的痛苦……」瑪瑙的眼淚說來就來，

「妳怎麼能看翠翠難過……」

愧疚之心爬上了珊瑚的心頭，她頓時也覺得自己眞是太不應該了。

「翠翠等我，全部交給珊瑚大人吧！我會咻咻咻地把老虎燒光光！」

「不，等等……」

翡翠制止的話還卡在舌尖，珊瑚人已經蹦跳出來，踩到了斯利斐爾的頭頂上，迅速聚集而來的火焰元素凝結在她的雙掌之間。

所有人都看見緋紅光芒一閃，一簇火苗從珊瑚的手中飛射出去。火苗在飛行的過程中越脹越大，直至成爲一顆又圓又大的火球。

本能察覺到危機的碧虎扭過頭，火光映亮牠的眼。牠驚恐地嗷嗷叫，發揮出虎生最強大的爆發力，用力往旁躍跳，腳下又一次地踩踏過同伴，將正搖搖晃晃爬起的一頭碧虎踩得眼一翻，再度昏了過去。

火球撞上了樹，隨著珊瑚的一拍手便消散蹤影。

「啊啊啊啊！老虎居然跑掉了？過分過分！應該要停下來讓珊瑚大人打中的啊！」珊瑚氣得想跺腳。

但是被她當柱子的斯利斐爾彷彿頭上有長眼睛，一掌就把人抓下來，不讓她有機會在上面作亂。

珊瑚臉頰氣得鼓起，可沒一會又轉怒爲喜。

「一定是被我嚇跑的，眞不愧是珊瑚大人我啊！」被放回地面的珊瑚得意地扠腰大笑，「翠翠我超強的！快誇我，誇我，大聲誇！」

「聽說翠翠喜歡謙虛的人。」瑪瑙也爬出了包包，細聲細氣地說。

「那那那，那翠翠不用誇了。」珊瑚趕忙擺擺手，她要當翡翠最喜歡的那一個。

「斯利斐爾。」翡翠把雙生杖一收，雙手圈在嘴邊，「快把下集……不對，快把碧虎的資料說完啦！」

「碧虎、碧虎……我想起來了！」解決了自己這邊的碧虎，伊迪亞也從記憶裡成功翻出相關資料，「在我們那邊又叫精碧虎！」

「這個晶幣？」翡翠拿出一枚碧亮的錢幣。

「不是不是。」爲了預防萬一，伊迪亞還是再補了一劍到碧虎身上，「意思是會精準鎖定綠色的老虎。」

「你別告訴我……」翡翠有種不愉快的預感，「牠們會追著我的原因就是……」

「你幾乎從頭到腳都是綠的嘛。」伊迪亞給了肯定的答覆，「牠們被綠色吸引，才會緊追著你。碧虎的最大特色就是會追著綠色活物跑這點了。」

「當我是鬥牛的紅布嗎？」翡翠咕噥，低頭審視起剩下的兩頭陷入昏迷的碧虎，習慣性地扔出問題，「牠們能吃嗎？好吃嗎？該怎麼吃？」

「呃……」伊迪亞這下倒是回答不出來了，他對這方面的資訊不太了解。

「肉不能吃。」斯利斐爾冷淡地扔出翡翠最不想聽見的答案。

「但是，融化就能吃了啊。」清冽的少年聲音無預警在翡翠身側冒出。

翡翠被嚇了一跳，好在他平衡感好，及時穩住，否則就要從樹上往下栽了。他轉過頭，看見了以為今晚都不會回來的縹碧。

黑髮少年學著他蹲踞在樹枝上，只不過腳底板並沒有真正地觸及到樹木，一頭鴉羽色的柔順長髮在風中飄晃。

斯利斐爾發出了厭惡的咂舌聲，似乎對縹碧的忽然現身有著強烈不滿，更可能是對他洩露了碧虎的資訊而不滿。

伊迪亞拍拍胸口，慶幸縹碧是出現在翡翠那，要是對方神出鬼沒地從他背後探出，他可能會嚇得發出一聲尖叫。

「縹碧，你說融化是什麼意思？」覺得再蹲下去腿大概要麻了，翡翠俐落地一躍而下，繞著兩頭碧虎轉。

轉著轉著，翡翠霍然想起碧虎的皮毛爲什麼會讓他有種心動的感覺了。奶黃色和焦褐色，這兩者組合起來……不就是他最愛的焦糖舒芙蕾鬆餅嗎！

恍然大悟的同時，濃濃的食欲也湧了上來。他舔舔嘴唇，看著兩頭碧虎的目光更熱情幾分。

「你猜？」縹碧托著下巴，難得可以讓翡翠求自己，他當然不會放過這個大好機會。他勾著愉悅的笑意，好整以暇地等著翡翠開口，「求我我就告訴你。」

「求你了。」翡翠仰起頭，對著縹碧嫣然一笑，「偉大的法師遺產。」

漂亮的人總是特別討人喜歡，尤其翡翠的美更是像匯聚了世界一切優點，就算說是神偏愛的造物也不爲過。

明明火堆是在另一端，但翡翠一笑起來，他的笑容比焰光還要明亮數倍。

「咳、嗯……」縹碧清清喉嚨，一副勉爲其難地實現了翡翠的願望，「只要讓牠們不斷地轉圈圈，就能融化了。」

得到了具體方法，接下來的步驟就很簡單。

翡翠稍微犧牲一點布料，把它們綁到兩頭碧虎的尾巴上，等自己躲好後，再讓其他人負責把兩頭碧虎弄醒。

醒來的碧虎一看到同伴尾巴上的那抹綠，馬上追著跑，一下就形成了兩頭老虎不斷轉圈圈的奇妙畫面。

更奇妙的還在後面。

碧虎們跑啊跑的、轉啊轉的，身體眞的開始漸漸融化，焦褐色與奶黃色混合在一起，化爲黏稠的半固體，表面光滑平順，甜蜜的顏色誘得人食指大動。

碧虎越來越扁平，最末成了一大灘熱呼呼的奶油。

即使來到法法依特大陸好幾個月了，也見過許多超乎想像的事，但目睹老虎眞的變成奶油的這一幕，翡翠還是打從心底發出了敬佩的感歎。

哇，眞不愧是奇幻世界！

有句話叫事已成定局。

眼看新鮮溫暖的奶油流淌在林間地面上，斯利斐爾按按眉心，還是允許了翡翠把奶油刮一些起來。

當然，絕對得避開直接碰到地面的部分，免得會把不乾淨的髒東西一起吃下肚。

有了奶油，翡翠不客氣地差遣起斯利斐爾。對方既然都巡視過周圍環境了，那麼想必知道哪邊可以找到一些可以吃的果實吧。

「在下已經容許您吃奶油了。」斯利斐爾目光嚴寒，拒絕充當工具人。

「不找的話也沒關係。」翡翠放肆地往斯利斐爾身上打量，「那我就想辦法強迫你變回原形，用你沾奶油吃囉。」

「翠翠用我、用我！」瑪瑙恨不得能把翡翠的注意力全引過來，他努力揮著小手，強調自己的存在感。

斯利斐爾和翡翠有志一同地選擇忽視瑪瑙的意見，他們早就約法三章——小精靈不能吃。

「您可真是……」斯利斐爾看著笑得甜蜜的精靈王，面無表情地從齒縫裡擠出了聲音，「不要臉。」

「哪裡哪裡，我的臉不是最好看的嗎？」翡翠笑咪咪地摸著臉頰。

這一回，是斯利斐爾敗了。

他重重地嘖了一聲，挾帶一身暴雪般的森寒之氣，起身走進了樹林。等他再返回時，果然帶了一些水果回來。

翡翠將一排水果串到尖尖的樹枝上，放進老虎奶油裡滾了好幾圈，興高采烈地享受他的美食時間。

而經過方才的那段插曲，沉積在伊迪亞心頭的鬱意也稍稍淡去幾分，跟著加入享用奶油大餐的行列。

就連三名小精靈也舔了舔幾口翡翠遞來的奶油水果。

翡翠邊吃邊提起了關於他們下一個目的地的話題。

「公會那邊給的消息是，冬狼冒險團最可能會去的地方不是瓦倫蒂亞沙漠的黑市，就是蘇蘇里西亞火山那邊的。」翡翠把手指沾到的奶油舔乾淨，問起了同伴們的意見，「你們覺得我們該選哪一個？」

「哪邊有趣，就選哪邊。」縹碧無聊地在半空中擺出平躺的姿勢，彷彿將夜色當成了床鋪。像是想到什麼，他彎起天眞的微笑，「要是能看到血流成河就好啦。沒錯，我要看到血流成河。」

「縹碧禁止說話，再說一句就把你沾奶油吃，奶油果凍肯定很棒。」翡翠不客氣地剝奪了縹碧發表意見的權利。

「翠翠去哪，我們就去哪。」瑪瑙他們自然是以翡翠為主。

「瓦倫蒂亞沙漠、蘇蘇里西亞火山……」伊迪亞很認眞地思索著，「如果冬狼想找相對安全的地方，想必會選擇蘇蘇里西亞火山，但是又怕他們可能反其道而行，選了瓦倫蒂亞沙漠。」

「為什麼？」在翡翠看來，火山應該比沙漠更危險才對。

伊迪亞神情轉為嚴肅，「因為瓦倫蒂亞沙漠還有一個別稱，叫作神棄之地，傳說它是被眞神遺棄的地方。」

翡翠吃了一驚，連忙在腦中頻道敲起斯利斐爾，要他這個眞神代理人說明一下，「那地方怎麼了？竟然會被眞神遺棄？是那邊食物不好吃，還是說根本沒得吃？」

斯利斐爾深吸一口氣，才忍住想扣住翡翠後腦，把那顆綠色腦袋往地面按的衝動。

「眞神不須要吃，祂們也跟您不一樣。」斯利斐爾射向翡翠的目光冷颼颼的，還有股恨鐵不成鋼的意味，「您除了吃眞的就不能再想點別的嗎？」

「喔，還會想怎麼得到那些好吃的。」翡翠理所當然地說。

斯利斐爾明白了，跟翡翠計較這個根本毫無意義，還浪費時間。他乾脆忽視了先前的質問，轉回原話題上。

「眞神從不曾遺棄法法依特大陸。」斯利斐爾平靜地說，「一旦祂們遺棄了，那裡連存在的意義也沒有。」

翡翠腦內自動進行了翻譯：要是眞神不要那個地方的話，那地方連存在都沒機會。

「那神棄之地是怎麼回事？伊迪亞都說瓦倫蒂亞沙漠是被眞神遺棄了。」翡翠繼續追問。

「世上有諸多傳說都是穿鑿附會。」斯利斐爾說道：「在下不知道爲何那裡會被稱爲神棄之地，但瓦倫蒂亞沙漠在最開始，是神打發時間的地方。」

「咦咦咦？什麼什麼？」翡翠這下是眞的大吃一驚。

「眞神會在那裡做點無傷大雅的小實驗，像是讓無數道龍捲風同時出現，測試那裡最多能塞下幾道龍捲，或是讓狂風暴雨和晴天一塊並行，或是讓寒冰凍封整片沙漠。」

……哈囉，這算哪門子的小實驗？翡翠頓覺一陣無言以對。

「翡翠？」見翡翠忽地安靜下來，伊迪亞關切地喊了一聲，「你想到什麼了嗎？」

「啊，我只是在想……」翡翠抬起眼，自然而然地接著話說下去，「瓦倫蒂亞沙漠是個怎樣的地方，它被稱爲神棄之地一定會有原因的吧。」

「我沒有去過那邊，但有聽人說過，那裡的氣候相當多變而且惡劣。」伊迪亞回憶著，「例如瓦倫蒂亞沙漠外面是艷陽天，可僅僅幾步之隔，沙漠裡卻是狂風暴雨，這種現象已經到了異常的地步。如果有眞神的庇護，不該出現這樣的情況，因此世人才會認爲那裡被眞神遺棄了。」

不，它沒有被眞神遺棄，它只是被眞神拿來當實驗場所。

雖然知道了眞正答案，但翡翠也無法向伊迪亞解釋，畢竟誰會相信眞神代理人就在他旁邊呢？

見翡翠似乎對瓦倫蒂亞沙漠有興趣，伊迪亞又多說了一些。

「瓦倫蒂亞沙漠雖然天氣很詭異，難以預測什麼時候會發生變化，但中央地帶比較穩定，受到的影響也相對小一點。」

「黑市該不會就在那個中央地帶？」

「對，聽說是蓋了碉堡，好幾座碉堡連在一起，裡面自成一個小小的城市，可以長時間自給自足，黑市背後聽說還有個家族負責管理。」

伊迪亞拾起一根樹枝，在地面畫出簡單地圖、打了個「×」，標出黑市所在位置。

火光輝映下，翡翠眼尖地發現伊迪亞的手背有幾枚指甲大小的黑斑點。

「伊迪亞，你的手沾到什麼了嗎？」

「這個嗎？」伊迪亞瞥了一眼，不甚在意地笑了笑，「可能是之前路上吃的野菇有問題，然後又中毒了吧。其實除了手以外，其他地方也有冒出黑點，幸好沒出現在臉上呢。不過不用擔心，暗夜族的抗毒力一向很好。」

不，我擔心的是暗夜族的腦子，說好的只有幼年期才笨呢？怎麼成年期的看起來也不太行……翡翠體貼地把吐槽吞回去，還是留給對方一個面子吧。

在伊迪亞的解說下，翡翠對瓦倫蒂亞沙漠也有了些認識。

但現在問題來了，他們究竟該選哪一邊才好？

選好了之後，還得趕緊把消息傳遞給他們的某兩位機動隊員。既然都加入繁星冒險團了，當然得乖乖地付出勞動力才可以。

翡翠苦惱地蹙著眉，吃奶油水果的動作倒是沒停過，偏偏他的視線還不時往斯利斐爾和縹碧身上遊移，像是在拿他們當配菜。

斯利斐爾勉強習慣了；縹碧打了個哆嗦，果斷隱身，不想當促進翡翠食欲的工具。

就在翡翠想用扔晶幣來做最終決定的瞬間，他的腦海中猝不及防躍出了聲音，他反射性看向了斯利斐爾。

「──任務發布。」

世界意志的聲音一如往常平板、無機質。

「請在十天之內，找到眞神留下的洗澡水。」

翡翠才剛拿著水瓶往口中灌，還來不及吞嚥下去的水當場噴了出來。

如果是平時的斯利斐爾，肯定在翡翠有動作之前就先敏銳地察覺到不妥，繼而靈活避開危機。

但也許是世界意志這次發布的任務太出人意表，饒是素來冷淡自持的眞神代理人也被任務內容震懾住，於是造成了一次悲劇的發生。

那些水成功噴到了斯利斐爾的臉上。

「嗚哇！翠翠好髒！噴出來了！」珊瑚哇哇大叫，「斯利斐爾髒髒了！」

珍珠掏出迷你手帕，體貼地遞給了翡翠。

瑪瑙一臉羨慕嫉妒，他也想被這樣洗臉。

冰涼的濕意讓斯利斐爾回過神來，他靜靜地看向始作俑者，臉上沒有太多的表情，但左眼明明白白地寫著「宰了您」，右眼則寫著「您可以去死了」。

斯利斐爾越沉默，周遭的氣氛就越可怕，空氣如同被凍結住，就像有一股無形的重量壓在眾人身上。

「呃……」翡翠露出討好的笑，把珍珠出借的迷你小手帕舉起來，「擦一下？」

斯利斐爾冷冰冰地剜了翡翠一眼，沒伸手接過，那大小壓根吸收不了多少水。他拿出自己雪白的手帕，面無表情地把沾到的液體全擦乾。

「擦掉了……好可惜。」瑪瑙眼巴巴地瞅著斯利斐爾，「斯利斐爾太不珍惜了，那是翠翠噴出來的。如果是我，一定會想辦法保留下來。」

「咳，這個眞的就不用了。」翡翠再怎麼自戀，也不認爲自己噴出的一口水像金子一般貴重。

直到斯利斐爾把手帕變不見，瑪瑙才收回依依不捨的眼神。

姑且不論自己把水噴到斯利斐爾臉上，差點激出對方殺意這件事，翡翠和斯利斐爾對望一眼，對於他們接下來該怎麼選已經非常明確了。

世界意志發布的第一輪任務總是看起來莫名其妙，有時甚至到了荒謬的地步，但往往會跟他們目前正在做的委託有著莫大的連繫。

翡翠毫不猶豫地順著世界任務的指引做出了決定。

下一個目的地，瓦倫蒂亞沙漠。

神棄之地！

第2章

「佩琪……佩琪？妳有聽到嗎？」

來自同伴的詢問聲讓一時分心的紅髮女法師霍地回過神，面前的大鬍子劍士正對她露出關心的表情。

「妳是不是累了？」加爾罕皺起眉，看著面色堅毅，可眼下已經浮出淡淡青黑的少女，「要不然……」

「不用。」佩琪直截了當地拒絕，任何事都比不上他們的小公主重要。

「那就麻煩你帶我們過去看看吧。」加爾罕向面前的老者說道。

灰髮老人是這座小村莊的村長。

或許是冒險公會的加雅分部鄰近他們村莊的關係，這地方的人對冒險獵人都頗為友善。

在得知兩位冒險獵人來村裡是想找人後，村長便熱心地為他們提供協助。

自從暗夜族公主遭到冬狼冒險團擄走，已經過了將近十天的時間。

暗夜族發動了大規模搜索，並且向南大陸的四個冒險公會分部提出高額懸賞，爲的就是收集一切相關情報，同時他們也委託了繁星冒險團幫忙追查。

身爲蘿麗塔的近衛，伊迪亞負責跟著繁星冒險團行動；至於佩琪與加爾罕，則是追尋另一條線索，來到了鄰近加雅的一座小村莊。

他們兩人會從西南部一路來到大陸的東北區域，爲的就是要尋找當初贈送星星糖給蘿麗塔的小孩一家。

蘿麗塔和附近村落的孩童一向玩得好，有時會從他們那收到禮物。其中一次，就是收到了兩顆星星糖。

蘿麗塔吃掉半顆，剩下的一顆半被她埋進土裡，希望來年可以收穫更多星星糖。

可誰也沒想到，那埋到地底下的星星糖竟造成暗潮提前爆發，險些在暗夜族內釀成災禍。

一想到那麼危險的東西已經被蘿麗塔吃下肚，佩琪就恨不得時間能夠倒流，讓她能夠有機會阻止。

他們查到那兩名小孩叫作瑪姬和湯瑪士，就住在緊鄰暗夜族領地邊界的小村子裡。

但當他們找過去時，卻得到他們一家出遠門的消息。

據說家裡有人生病，從親戚那得知有位專治疑難雜症的名醫在加雅，便舉家前往。

這就是佩琪他們千里迢迢趕來此地的緣故。

只不過，他們在這裡又一次撲了個空。

在村長的協助下，他們確實找到了那家人暫居的地方。

但村長卻告訴他們，那家人早在四天前就不知蹤影。

他們屋裡的東西都還在，唯獨人不見了，就好像是突然碰上什麼大問題，讓他們倉促得連收拾東西都來不及，連夜便離開了這個地方。

村長帶著佩琪和加爾罕前往湯瑪士他們住的地方。正如他所說，屋內完全看不出來已經沒人住了，依舊保有生活氣息，桌上甚至還擺著盛裝茶水的杯子。

「我們沒動過裡面的東西。」村長對這家人的不告而別也感到困惑，「也不曉得他們會不會再回來……聽說他們是為了看病才特地來這裡，我們在懷疑，是不是那病治不好、變得更嚴重了，他們才會……」

「他們究竟生了什麼病？」佩琪之前在馥曼的村子沒打聽出來，如今聽見村長再提起，頓時心頭一緊。畢竟這家人可能也吃了星星糖，萬一病情跟那糖果有關，就表示蘿麗塔或許也會出現類似的症狀。

「這就不清楚了。」村長領著兩人在屋裡走了一圈，「他們搬來這裡後，出門都是把自己包緊緊，看不出來哪邊有問題。不過有件事很奇怪……」

「什麼事？還請告訴我們。」佩琪不想放過任何線索。

村長把人帶出屋外，走到屋子後面。那裡有一個新填平的坑洞，上面的土和附近比較起來偏黑了些，就像是曾被高熱灼烤過。

「這是……」加爾罕不解地看向村長。

「裡頭埋了很多灰。預防萬一，在埋進去之前我們又混著其他東西再燒過一次，免得出什麼問題。」村長指著那個填起來的地方說道：「而那些灰，就是從瓦倫丁一家，就是你們在找的那家子屋裡發現的。」

佩琪和加爾罕聽得一頭霧水。

「我們這村子也不大，附近鄰居有什麼動靜，通常都會一清二楚。發現到瓦倫丁一家好幾天都沒出現的時候，我們就上門查探了。」村長說起這事的時候，眉頭不自覺地皺得緊緊，「就像我之前說的，裡面一個人也沒有，東西也都在，但是屋內的地板上不知道爲什麼堆了厚厚一層灰。」

「灰上也沒腳印嗎？」佩琪提出疑問。

村長搖搖頭，「沒有，就是突然多出了那些灰……畢竟瓦倫丁他們還身染怪病，大家商量過後才會再把灰燒過一次，埋進地底下。」

佩琪和加爾罕對望一眼，只覺心中的謎團越來越大。

那家人到底是發生什麼事？爲什麼屋內又會平空出現那麼多灰燼？

向村長道過謝，佩琪與加爾罕離開了村子，再留下來也無法獲得更進一步的消息。目前看來，想找到瓦倫丁一家，好查明星星糖的問題是出自哪裡的這條線，明顯已經斷了。

佩琪和加爾罕商量一會，打算前往加雅分部一趟，看能不能獲得更多消息。

沒想到走出村莊沒多久，就有人主動將他們想要的東西，送到了他們面前。

出現在兩名暗夜族眼前的，是一對孿生少年。

一人黑眼黑髮，一人銀眸白髮。

他們的外貌如同一個模子刻印出來，身上服裝的顏色和他們的眼珠、頭髮則成了強烈對比。

黑與白，白與黑。

他們長得一模一樣，氣質卻迥然不同。一人靜謐如黑夜，一人明亮似白晝。

白髮少年笑臉盈人，唇角噙掛的笑意甜美親切。黑髮少年似乎不擅長與人接觸，他低垂著眼，視線落及自己的鞋尖上，整個人藏在同伴身後。

「是你們？你們怎麼會在這裡？」佩琪吃驚地張大眼，他們暗夜冒險團去過幾次塔爾分部，自然認出攔下他們的人就是塔爾的兩位負責人。

白薔薇和黑薔薇。

「午安，我們是來送個信的。」白薔薇把信件遞了出去。

「你們特地從塔爾大老遠過來嗎？」加爾罕接過信，仍有些懷疑自己的眼睛，「塔爾分部的負責人不是一向都挺……不愛外出行動的嗎？」

「喜歡待在公會的是灰罌粟。至於你的第一個問題，答案是……當然不是。」白薔薇還是笑吟吟的，「不過如果你們想要那麼認爲，也不是不可以，就當我們是專程爲你們遠道而來吧，畢竟人總是要抱持點希望才能支撐下去。」

黑薔薇拉拉白薔薇的衣角，拊在對方耳朵輕聲說話，那音量細微到就算是暗夜族也捕捉不到。

「黑薔薇希望我對你們再客氣一點，他眞是善良又體貼，你們得發自肺腑地感謝他的好意。」白薔薇臉上的笑意登時變得更加柔軟，和他從嘴裡吐出的內容一點也不搭。

佩琪聽得頭皮發麻，她最不擅長應付白薔薇這類型的人了，明明笑得那麼甜，說話卻陰陽怪氣，還很嘲諷人。

她立刻把加爾罕往前一推，由他負責和白薔薇交涉。

「那個……」加爾罕捏著信，小心翼翼地詢問，「你的個性和在塔爾的時候，好像有點不太一樣？」

黑薔薇依舊如記憶中的低調、不愛說話，但白薔薇的尖酸刻薄程度也未免加強太多了吧。

「是這樣嗎?」白薔薇歪了下頭，眉眼溫柔，「大概是離開塔爾，不小心放縱了一下自我。」

黑薔薇又對白薔薇說了幾句悄悄話。

白薔薇點點頭，「知道了，我會收斂一點的。就算他們都比不上你，我也願意拿出幾分耐心。」

佩琪的表情都快要扭曲了，要不是看在白薔薇是公會負責人，還帶了消息給他們的份上，她只怕都要按捺不住地對白薔薇大喊一聲：你還是閉嘴吧。

黑薔薇的約束顯然還是很有效的，當白薔薇再面向佩琪他們，他句子裡的嘲諷登時大減，變得正常又有禮貌許多。

「我和黑薔薇是有事才會到這，聽說你們也在這附近，就幫加雅分部的人帶消息給你們了。你們先把信看一看吧，和你們的公主有關。」

佩琪是個急性子的人，看不下去加爾罕慢條斯理的拆信動作，直接把信搶了過來，粗魯地撕開信封，取出裡面的信紙。

「……什麼!?」一看清信中內容，佩琪臉色不禁大變。

「怎麼了？」加爾罕把信拿過來，換他的表情變得不好看。

信裡的重點有兩條。

第一條是，冬狼冒險團死了。

眞正的冬狼冒險團。

這個消息對佩琪他們而言可以說是始料未及。誰也沒想到，葛萊特等人竟然是假冒了冬狼冒險團的身分，拿著不屬於他們的公會證明，混入了暗夜族的領地當中。

眞正的冬狼冒險團屍體在前些日子被人發現，沒有留下一個活口，應該在身上的證明也消失無蹤。

顯然凶手就是葛萊特一行人。

從冬狼冒險團被害的方式來看，冒險公會判斷葛萊特他們有極大的機率是獎金獵人中的千鳥獵團。

不同於冒險獵人會受到冒險公會的嚴格規範，獎金獵人可以說是目無法紀、不受約束的存在，爲了達成委託，他們可以不擇手段，因此在法法依特大陸上向來惡名昭彰。

如果是獎金獵人，那麼他們會鎖定蘿麗塔作爲目標的原因，就不難猜了。

年幼的暗夜族指甲是用來製作高級武器或防具的珍稀材料，但明面上沒人敢打這個材料的主意。

因爲指甲必須在身體主人清醒的狀態下拔取，才有辦法發揮素材的效用，否則就僅僅是普通的指甲罷了。

這種獲得有效素材的方式太過殘忍，更不用說誰敢對暗夜族的幼崽動手，就是和暗夜族全族爲敵。

可暗地裡，還是有人爲了那龐大的利益蠢蠢欲動。

暗夜族一直以來千防萬防，終究還是被千鳥獵團成功鑽了漏洞。

想到這裡，佩琪神色越發森寒，對那個叫作漢娜的小女孩也更加厭恨。

他們的公主把她當朋友，她卻是如此回報。

就算漢娜一開始對千鳥獵團的目的不知情，但事情發展到這地步，佩琪不相信她會是完全無辜。

「冷靜點。」加爾罕拍拍佩琪的肩膀，要她別一時被怒氣沖昏頭，「起碼還是有好消息的。」

加爾罕說的好消息就是信裡提到的第二條重點——千鳥獵團的去向已大致掌握到。

一旦查出葛萊特等人的眞正身分是獎金獵人，他們接下來的行動就不難推測。

他們最有可能前往黑市，將蘿麗塔的指甲當成商品拍賣，而近期將舉辦拍賣會的黑市正好有兩處。

不過，一處是在東北的瓦倫蒂亞沙漠，一處在東南的蘇蘇里西亞火山。

「假如是瓦倫蒂亞沙漠，我們有收到情報，翡翠他們似乎已經選擇往那了。」白薔薇說，「保險起見，你們可以選擇……」

「兩個地方我們都會去。」佩琪不假思索地說，她看向加爾罕一眼，後者朝她點點頭，贊成她的決定，「我去沙漠，加爾罕會聯繫其他族人一起到火山那邊查看。」

「原來如此，那麼路上就一起結個伴吧，佩琪。」白薔薇淺淺一笑。

佩琪愣住。

「翡翠拜託我們找個東西，有人曾在瓦倫蒂亞沙漠附近見過，所以我們就是要到那邊親自確認。」白薔薇只透露這麼多。

既然有兩位負責人會和佩琪一起同行，加爾罕頓時也放心不少。

畢竟瓦倫蒂亞沙漠還有個令多數人聞而生畏的別稱——神棄之地。

「沙漠那邊拜託妳了，佩琪。妳自己也多加小心。」

「我明白，蘇蘇里西亞火山則交給你了。」

佩琪握拳與加爾罕的拳頭碰了一下，兩人就此分別。

佩琪與黑薔薇、白薔薇踏上了延伸向東北的道路，朝著神棄之地前進。

紅髮女法師的眼裡寫滿堅毅和誓在必得的決心。

絕對……要逮到可恨的千鳥獵團！

✣✣✣

細碎的交談聲不時在耳邊響起，卻又像隔了一層紗，讓人聽不眞切。

葛萊特想要張開眼睛，看是誰在那邊說個沒完。

肯定是艾曼達和安德魯吧，另一個小鬼現在幾乎不敢主動找他們說話。

但是他的眼皮卻意外地沉重，好半晌才勉強撐開一條縫。

怎麼回事？葛萊特感覺腦袋昏昏脹脹的，他記得不久前是灌過不少酒，但應該沒喝得那麼醉……

他試著挖掘腦中的記憶。

他記得，他們送了暗夜族的小公主到神棄之地的黑市，榮光會也開出了令他滿意的驚人高價，然後他們被邀請享用佳餚和美酒。

接下來呢？接下來發生什麼事？

葛萊特忽地湧上一絲驚疑，他竟然想不起自己是怎麼睡過去的，又怎會躺在床上？

他應該是在床上吧，他能感受到身體下是硬邦邦的……

葛萊特的思路中斷，他猛然意識到一個不對勁的問題。他們被當成了貴客招待，住的房間可是相當高級，床鋪自然也是高級品，怎麼可能會硬得磕痛人？

自己現在究竟在哪裡？

葛萊特用盡力氣地睜大雙眼，先前還呈現迷濛的視野也漸漸變得清晰。

最先映入眼中的是岩層構成的天花板，顯示他應該還身處在碉堡之中。接著他努力轉動眼珠，看見身邊有人圍聚在一起，說話聲就是從那裡傳來的。

那幾人穿著屬於榮光會的制服，像是在朝誰匯報著什麼。

「啊……」葛萊特想出聲喊住他們，可從喉嚨擠出的是虛弱的音節。

這聲音太小了，不足以驚動那些人。

葛萊特嘗試想翻過身，最好能讓自己脫離眼下狀況，然而他使力往旁一翻動的結果，卻是撞上了一面堅硬的壁面。

葛萊特的瞳孔遽然收縮，他的臉緊貼著疑似玻璃的透明物質，五官被擠壓成一個恐慌的表情。

直到此刻他才驚覺到自己的處境，他居然是被關在一個透明的容器裡。

葛萊特的動靜終於引起了其他人的注意。

那些穿著榮光會制服的人紛紛回過頭，接著他們往旁站開，確保不會遮擋到中間那人的視線。

剛剛的那一個側翻幾乎耗光葛萊特的力氣，即使他還想再有動作，終究是心有餘、力不足。他維持著同樣的姿勢，眼珠子像要從眼眶裡瞪凸出來。

他不敢置信地看著被圍繞在中央的那人。

低調奢華的大氅披在肩上，上衣的雙排釦直扣到最頂端，精巧的繡紋分布在衣襬和袖口位置，右手戴著一枚引人注目的奢華戒指，戒指中心用紅寶石和銀鑽鑲嵌出特殊的圖紋。

就和葛萊特之前看到的那枚一模一樣。

那是……沒有戴著面具的柯薩諾·卡莫拉！

顯露出眞容的榮光會首領看上去格外年輕。

他是一名英俊的紅髮男人。

但他的英俊卻又沒有過多的特色，只會讓人在第一眼見到時覺得容貌不錯，卻不會在記憶裡留下深刻痕跡，甚至過沒多久就忘記了。

一旦他摘下面具，收斂了與生俱來的上位者威壓，他就只是個普通的英俊男人，恐怕誰也不會想到他就是瓦倫蒂亞沙漠黑市的幕後掌權人。

柯薩諾來到囚禁著葛萊特的容器前，好整以暇地屈指敲了敲。

葛萊特的臉孔因爲憤怒和害怕的情緒交織一塊，變得越發猙獰。

「你醒得最晚，葛萊特。」柯薩諾慢條斯理地說，「你要是再不醒來，我都要懷疑藥物失去作用了。」

「你對我下了藥？」葛萊特用著最狠毒的眼神瞪視柯薩諾，「你到底想做什麼？我們不是完成交易了嗎？」

「交易？沒錯。」柯薩諾點了點頭，「你把暗夜族的公主賣給我，我付你一大筆足夠讓你們千鳥獵團享福一輩子的錢。但是我忽然發現一個問題，暗夜族一向護短，萬一有人把他們的小公主在我這的消息流出去呢？」

「那只會是你手下的人洩露的……那是你自己的問題！」葛萊特喘著氣，眼中布滿激動的血絲，「幹我們這行的，當然知道什麼能說，什麼不能說！」

柯薩諾這次是搖了搖頭，「獎金獵人懂得守諾？你在說笑話嗎？讓我猜猜，你原本只是想把暗夜族公主的指甲賣給我吧，只不過她一直陷入沉睡，沒人知道她會睡到什麼時候。指甲不在她清醒時候拔，那就一點用處也沒有了。你們獵團不想浪費時間，最後才選擇把人直接賣給我。」

「沒錯……但這很正常吧，我們雙方都獲得最大的利益。」

「錯，對我來說的最大利益，是我得到了公主，也不曾損失錢。」

葛萊特用力瞪著眼，映入眼中的男人笑臉變得異常可恨，對方竟想要做無本生意！

「你知道爲什麼我願意和你說那麼多嗎？」柯薩諾淡淡地嗤笑一聲，看葛萊特的眼神像在看一個沒有生命的東西。

寒意竄上葛萊特的後頸，他比誰都清楚，只有死人才不會洩露消息。

「呵，我想你弄錯一件事。」葛萊特眼中的驚惶讓柯薩諾勾起嘴角，「我沒有殺了你的打算，就連你的同伴，包括那個小女孩，我都不會殺。」

葛萊特甫鬆口氣，可緊接著一股無形的恐懼像條繩索，緊緊勒住了他的脖子。

榮光會可不是什麼慈善組織。

柯薩諾．卡莫拉更不是什麼大慈善家，他素來以手段狠辣和冷血無情而聞名。他會願意留下他們的性命，就表示有比死還恐怖的下場在等著他們。

直到這時，葛萊特才後知後覺地在意起同伴的下落。

柯薩諾方才說了，他是最晚醒的……意思是安德魯、艾曼達，還有漢娜那個小鬼也和他的處境一樣嗎？

柯薩諾側頭對身邊手下交代了幾句，立刻有幾人效率十足地行動起來。

從葛萊特的角度看不見那些人要去做些什麼。事實上，他至今也只知道自己是被擺放在一個看不出作用的房間內。

「眾所皆知，這裡是神棄之地，是不被神祝福的地方。」柯薩諾不疾不徐地說著，「但恐怕沒幾個人知道，當年大魔法師伊利葉曾在這裡短居一陣，就在我們現在碉堡的位置。」

葛萊特怎麼可能會沒聽過伊利葉的大名。

那是偉大的大魔法師，在大陸上幾乎無人不知、無人不曉。

在兩百年前逝世後，他留下了一座縹碧之塔，只要成功入塔，並通過考驗，就能獲得他的遺產。

而就在前陣子，縹碧之塔不知何故竟徹底塌毀了，遺產究竟是深埋地底，或是被人奪走，仍舊是一個不解之謎。

但這跟他躺在這個地方動彈不得，又有什麼關係？

柯薩諾自然看出葛萊特眼中的質問，他又屈指敲了敲透明的外壁。他微微一笑，笑裡揉合著一種古怪的亢奮，「他留下了一些有趣的東西，真的很有趣，太有趣了，讓人恨不得研究透徹，將他腦中所想的成果真正地呈現在世人面前。而在達成願望之前，當然少不了無數的試驗。」

「大人。」之前離開的一名榮光會成員返回，「那邊已經準備好了。」

「那就把他也送過去吧。」柯薩諾說著讓葛萊特毛骨悚然的話語，「希望他別比不上那個小丫頭，她的適藥性和契合度都比之前的那些素材要優秀許多。」

事已至此，葛萊特怎麼可能會猜不出自己將面臨何種遭遇。

人體實驗！

他發了瘋地想用力撞擊囚困自己的容器，抓著微弱的冀望試圖爲自己掙得一條生路。然而透明的容器紋絲不動，連一丁點損壞都沒有。

葛萊特的身體漸漸失去力氣，更令他絕望的是，一股昏沉重新席捲而來，眼看就要再次剝奪他的意識。

穿著統一制服的人員有條不紊地進行工作，間或響起簡潔的對話。

「一重和二重防衛魔法陣暫時解除確認。」

「了解，已確認完畢。」

「時間務必設定精準，否則雙重法陣一旦同時失效，當心這個基地被炸飛。」

葛萊特被推進了一個更寬敞的空間，裡頭充斥著各種怪異器材，岩石形成的天花板和牆壁上刻著無數大大小小的魔法陣，地面遍布著管線。

但真正讓葛萊特大感絕望的，是他看見了那些矗立在牆邊的巨大培養槽。

它們一座又一座地整齊排列著，裡頭注滿古怪的藍色液體，在這個空間裡泛出幽幽的螢光。有的裡頭獨獨只有藍水，有的卻浸泡著人類或是魔物，或是連他也不知道該怎麼稱呼的……

違反世間常理的存在。

葛萊特還看見了艾曼達和安德魯，他們一動也不動地泡在藍水中，甚至不知道是死是活。

葛萊特只覺全身血液像是一口氣被凍結，恐怖的寒意籠罩全身。

然而最可怕的是，他無法做出任何反抗，只能眼睜睜看著接下來發生的一切。

裝納著他的容器也被立起，加入了那些培養槽，有人過來把管線接上，又換另外一人在透明壁面上畫下小型法陣。

準備就緒後，幽藍色的液體開始注入，它們一下漫淹至他的腰間、胸前、頸間……

葛萊特無比清晰地感受到自己正要被吞沒，他崩潰了。

「啊啊啊啊！放我出去！放我出去！快住手——」

葛萊特以為自己嘶吼出聲了，但他的聲音並沒有真正地擴散出去，而是成了一串串小氣泡飄出。

水把他整個人都吞沒進去了。

第3章

瓦倫蒂亞沙漠座落在加雅和西科之間，如果想要進入，一來要先留意目前氣候狀況，碰上過於極端氣候便不適合冒進；二來是最好別試圖僅靠雙腿橫越。沙漠裡除了極端天氣變化不定，還有潛伏在沙裡的魔物隨時伺機而動。

時間緊迫，翡翠他們打從一開始就沒考慮過徒步而行。他們租借了適合在沙漠和陸地行走的駝馬，自身也做了點變裝，好降低在黑市裡被葛萊特幾人認出的風險。

爲了避免風沙吹打，翡翠和伊迪亞都用布蒙住了半張臉，只露出一雙眼睛。

縹碧是靈，自然不怕這點，而斯利斐爾是壓根沒那個必要。

銀髮男人就算沒裹著防風斗篷，也沒蒙著臉，那些肆意的沙粒也絕不會吹拂到他的身體。就好像他的身邊有著看不見的防護，能讓風沙靠近他時自動朝兩側避開。

這是非常不可思議的一幕。

與斯利斐爾同行有一陣子了，伊迪亞和縹碧也發現這人似乎帶著古怪的力量，但那種異常放到他身上，卻又讓人不自覺感到理所當然。

翡翠才不在意斯利斐爾是做什麼打扮、有沒有蒙著臉，就算對方裸奔他也……如果是鬆餅原形的話他就一點也不介意了，人形還是請不要，免得帶壞他可愛的小精靈們。

說實話，翡翠一直以爲在穿越瓦倫蒂亞沙漠、抵達瓦倫蒂亞黑市之前，他們的旅程應該會很順遂的。先不論中途會不會碰上魔物，但天氣方面照理說該一帆風順。

畢竟他們隊伍裡可是有一位貨眞價實的眞神代理人。

然而，並沒有。

根本完全沒有啊草泥馬的！

在大風吹拂中，翡翠恨不得自己的眼神能變成刀子，「颼颼颼」地朝旁邊的斯利斐爾飛射過去，讓對方反省自己的不中用。

遭怒目而視的對象一副坦然的態度，或者說是毫不在乎。

「斯利斐爾、斯利斐爾！」翡翠在腦中猛烈呼喚著眞神代理人，要他給自己一個交代，「都進來這裡幾天了，爲什麼我們不是碰到暴雨閃電，就是小型魔物群追逐！現在竟還要碰到龍捲風？這太不合理了吧！這不是眞神的地盤嗎？既然你身爲代理人……」

「首先，您吵死了。」斯利斐爾一邊瞇眼打量遠方成形的高聳龍捲，一邊冷酷地回應著翡翠，「其次，龍捲風尚未接近我們所在的位置。」

「等它接近，我們也完了吧。」翡翠送他一枚白眼。

「它不會過來。」斯利斐爾淡然地說。

翡翠臉上流露驚訝，還未等他多問幾句，就見到和他們尚有極遠距離的龍捲風猝然改變了方向，朝著和他們路線毫不相關的另一方而去。

「還以爲會過來呢……」縹碧懸浮在翡翠身邊，如夜色漆黑的長髮在風中飄舞，「眞遺憾，不知道神棄之地的龍捲風會不會有什麼值得研究的奇特之處。」

「如果可以，拜託它永遠別過來吧。」伊迪亞是發自眞心地這麼希望著，「求眞神保佑我們大家。」

翡翠同情地看了伊迪亞一眼，不好如實告訴他，兩位眞神目前都陷入沉睡中，估計很難接收到來自民眾的訊號。

「你怎麼知道它會轉向？」翡翠不再私下和斯利斐爾開私人頻道，轉而直接提出他的問題。

「在下看出來的，它的角度本就正在產生變化，那是相當明顯的一件事，可惜您的雙眼似乎是裝飾品。」

縹碧對這發言充耳不聞，倒是伊迪亞忍不住摸摸鼻子，心裡也有絲心虛，他同樣什麼都沒注意到。

「看樣子，你這個背景板還是能派得上用場的。」看到危機解除，翡翠難得發自真心讚美了斯利斐爾一下，「雖然一進來這裡就碰到大風、閃電，剛剛還有龍捲風，但起碼都沒真正砸到我們身上。這樣想想，我們的運氣也算不錯。」

「如果你的不錯，是指我們將面臨沙塵暴的話，那是挺不錯的。」縹碧背對著翡翠他們前進的方向，若有所思地眺望著遠方。

「什麼!?」翡翠猛地扭過頭，紫水晶般的眼睛驟然大睜。

他們頭頂上的天色仍然澄亮，然而他們來時的方向卻已風雲變色。原本一碧如洗的晴空不知何時轉成詭異的暗紅，不祥的天色下還盤踞著一道龐大的土黃色高牆。

不對，那壓根不是什麼牆，赫然是由滾滾黃沙和狂風凝聚出的沙暴。

「我要收回對你的讚美，你果然還是沒用到爆！快跑！」還沒等翡翠夾緊駝馬的肚腹，催促牠加速，駝馬似乎也本能地感受到危險，瞬間邁開四蹄，瘋狂朝前疾奔。

翡翠一手抓緊韁繩，一手下意識撫摸斜揹在腰間的包包。這是他不知不覺中養成的小習慣，似乎這樣做就能給予待在裡面的小精靈們撫慰。

還好小精靈們之前就到了睡覺時間，早就乖乖地回到背包內，不然讓他們身處在這種驚險的環境下，他可是會心疼死的。

三匹駝馬在沙塵暴的追逐下，拚了命地一路狂奔。

大量塵埃和沙土集結成風暴，遠看猶如驚人的黃色大浪，朝著翡翠等人的方位逼來。只要跑得慢些，就會被那威勢震天的沙暴毫不留情地吞噬進去。

縹碧的優勢在這時候充分發揮出來。

不管是多麼洶湧的風沙都對他產生不了影響，他靈巧地飛到高空，將沙漠裡的景象盡收眼裡，其中也包括了一座座屹立在巨大岩山上的碉堡。

「往北北西三十度角前進。」縹碧精準地報出了他們目的地的方位，「好消息是黑市不會太遠，壞消息是，沙暴也同樣是往這個方向過來。」

「啊啊啊啊！斯利斐爾你就不能再更有用一點嗎！」翡翠在內心憤怒指責。

「那還要您做什麼？在下自己就能拯救世界了。」斯利斐爾犀利反擊。

鋪天蓋地的黃沙窮追不捨，不斷縮短和翡翠幾人之間的距離。

在駝馬的全力奔跑下，碉堡的輪廓終於出現在他們視野當中。

土黃色的建築物穩重壯闊，外圈還有一層圓牆環繞，宛如是最強而有力的盾牌，固守著裡頭的人民。

翡翠一行人猛烈的動靜自然驚動了駐守在碉堡正門外的守衛，他們迅速握住兵器，正準備發出警告，緊接著他們便看見了更後方的漫天黃沙。

守衛們臉色大變，發現沙塵暴正直衝他們而來。

一人馬上拿起腰間號角，朝碉堡內示警。另外三人則是訓練有素地跑至大門裡側，準備要將厚重的金屬門板放下，阻隔沙塵暴的侵襲。

一旦大門徹底關上，翡翠等人就得被困在外頭，直面沙塵暴的威脅。

「縹碧，幫我們爭取時間！」翡翠抓緊韁繩，不讓駝馬的速度減慢，「讓我見識你的完美！」

「別以為你這麼說，我就會傻傻地上當。」縹碧嘴上矜傲地這麼說著，可身體已經率先有了行動。

如瓷偶精緻的黑髮少年高舉一隻手，嘴唇張合，成串的咒語如流水般飛快吐出，轉眼便完成了風之元素的召集。

眾多風元素聽從他的驅使，竄飛至沙漠裡，掀起了一陣波動。隨即就看見無數沙粒懸空浮起，彷彿被看不見的力量揉捏成形，一下形成了兩隻黃色巨臂。

「低調點！」翡翠連忙又大喊一聲。

縹碧發出不悅的咂舌聲，但還是依照翡翠的要求，白皙的手指在空中虛畫出一個古怪圖騰，同時他的目光不經意落至那扇金屬大門，門上的徽紋讓他不禁稍微失神一下。

那段失神太過短暫，就連縹碧自己都沒放在心上。

當他落下最後一筆，底下的黃沙巨臂剎那消失在翡翠他們眼前。

唯有縹碧能夠看到，那兩隻沙臂仍舊存在，只是輪廓被他疊加的第二層魔法隱匿起來罷了。

在縹碧的指揮下，隱形的兩隻巨臂來到正在降下的大門底下，硬生生地撐住了厚重的門板，大幅度減緩它往下的速度。

「怎麼回事？」這一幕落在碉堡守衛的眼中，只覺是關門的機關出了問題。

「不知道啊，好像是卡住了！下降變得困難！」

「快點把問題修復，沙暴就要來了！」

「再來一個人過來幫忙！」

翡翠等人抓住這個機會，夾緊馬腹，猶如疾射而出的三道箭矢，迅雷不及掩耳地趁亂衝進了碉堡內。

隨著翡翠幾人的身影消失在碉堡外，門下的兩隻隱形沙臂也霍然崩解。沒了看不見的阻力，金屬門板順利放下，將對外的出入口阻絕得嚴嚴實實。

縹碧輕飄飄地從高空降落，在他穿透碉堡大門之前，他腳步一頓，多看了一眼門板上的徽紋才進入。

強硬闖進碉堡的翡翠等人正被守衛們持著武器團團圍住，逼迫他們趕緊從駝馬上下來，並把來意交代清楚。

縹碧維持著隱身的狀態，好整以暇地在旁看著好戲。

被這陣騷動吸引的還有城門附近的民眾，他們暗中打量那幾名外來者，目光在翡翠和伊迪亞之間來回遊移。

明明還有斯利斐爾，然而所有人似乎都忽略了他的存在。

將一頭金髮染成灰紅的伊迪亞解下蒙面的布條，從懷中拿出一個東西，拋向其中一名守衛。

不同於以往的爽朗親和，他露出了盛氣凌人的表情，傲慢地展示他們的身分。

「我們是凜冬獵團，是來參加拍賣會的，這地方的待客之道就這麼粗魯無禮嗎？」

守衛看了看手中的銀綠色胸章，那確實是獎金獵人才會佩戴的證明，他將東西拋還給伊迪亞，朝同伴們做了個手勢。

眾人紛紛收回武器，放翡翠他們順利通行。

這還是翡翠穿越到法法依特大陸以來，第一次踏進黑市。

原本以為會是處處充滿凶神惡煞，環境惡劣的險峻地方，但放眼望去，除了天空位置被大片岩石穹頂取代，建築物也多是石塊砌造之外，乍看下就像尋常的小城市。

街道整齊，商店和攤販也隨處可見，熱鬧的氛圍一點也不輸外面的城鎮。令人難以想像這其實是一座位於神棄之地的黑市。

翡翠他們先找了地方寄放駝馬，碉堡內不允許魔物或是大型動物任意走動。最初的騷動過後，黑市裡的人們自然而然地散開，恢復原先的吵嚷，不再對外地客給予太多關注的目光。

但走在路上，翡翠偶爾還是能察覺到有人在暗中窺伺他們，那眼神像在看待一件件商品，宛如在衡量他們的價值與威脅性。

就算是和他們擦身而過的行人，翡翠也隱約能從對方身上嗅到一絲血腥或是危險的氣息。

這讓他明確感受到這裡少了一種東西，叫作安逸。

翡翠幾人第一要務是找到住宿的地方，有了確定的落腳處，才方便大家分頭行動後回來集合。

由於他們對這人生地不熟的，乾脆先找了一間酒館打聽消息。

老闆娘梅露西是個豐腴的金髮女性，相貌稱不上美麗，但濃艷的妝容和肉感的身材讓她散發出一股撩人的性感。

「旅館？」梅露西眨著濃長的睫毛，雙臂上托著好幾個大餐盤，盤內的食物連晃都沒晃一下，展現出驚人的平衡感，「你們要找住的地方嗎？那在我們這住下就行了，我們還有空房呢。告訴你們，我們銀酒杯酒館的食物和酒都是這地方最棒的，不像其他家混了大量的水或劣質酒，眞的是差勁透了呢！」

梅露西說著說著，不忘對伊迪亞拋了一記媚眼，對方英俊的長相很符合她的胃口。

「等我一下，我喊派克過來。派克！喂，派克，別偷懶！給老娘死過來！」

在吧台後慢呑呑擦著酒杯的高個子男人動作一頓，露出一臉「好麻煩喔」的表情。他慢動作地放下杯子，連挪移出來的速度也是同樣遲緩。

「有什麼事？」派克掀了掀眼皮，「我在忙呢。」

「忙你的大頭鬼，從早到晚我看你都在擦同一個杯子，我眞應該把你開除才對，我幹嘛要花錢找你這沒用的玩意幫忙。」梅露西啐了一口，「這幾個客人想住宿，你跟他們介紹一下。」

「誰教我是妳弟。」派克連說話的語調也比平常人慢好幾拍。

「你就是個偷懶的混蛋！」梅露西還想再罵下去，但好幾桌客人已在高聲催促，她連忙回應一聲，彎起厚厚的紅唇，靈活地在狹窄走道穿梭，一一分送食物酒水。

「兩個人要住？」即使面對客人，派克還是一副無精打采的模樣，「一間房嗎？」與妝點得艷麗的梅露西不同，他雖然同樣也是一頭金髮，可整體給人的感覺卻像是黯淡了一層。

「三個人，兩間房。」伊迪亞看見吧台後的櫃子擺著一排造形怪異、顏色誇張鮮艷的小瓶子，上頭還標著「必買紀念品」的字樣。

他好像聽見那些紀念品在呼喚他掏錢購買，於是趕緊定了定心神，強迫自己收回視線，以免控制不住自己的手，在這間酒館裡直接展開一輪買買買。

再買下去，佩琪知道後真的要剁他手了。

「三個人？」派克困惑地重覆這幾個字，他的眼神掃過灰紅髮的高大劍士，蒙著臉、裹著斗篷的妖精族，然後再往旁邊望去。

他睜大了眼，直到這時才霍然發現這兩人旁邊確實還站著一人。

銀髮褐膚的男人戴著單邊鏡片，面容冷厲，明明容貌出眾，但存在感竟意外薄弱。

要不是伊迪亞說了他們有三個人，派克可能都還沒發現斯利斐爾在場。

「還有一位靈。」縹碧隱著身形，冷不防湊到伊迪亞身畔，他的吐息像寒風拂過，嚇得伊迪亞差點打了一個哆嗦。

伊迪亞竭力繃住表情，不讓自己像個驚慌失措的毛頭小子。

「樓上正好還有兩間空房，你們可以一口氣付清，或是一天結一次，都行。」派克只看了斯利斐爾一眼又重新耷拉下眼皮，他報了個比一般住宿行情貴上許多的價格。

那個數字聽得翡翠想調頭就走。簡直是搶錢啊，一晚都可以抵在塔爾或華格那等大城市的好幾晚了。

對於這一聽就是宰肥羊的價格，伊迪亞眼倒是眨也不眨地接受了。暗夜族本來就不缺錢，只要是錢能解決的問題，那都不叫問題。

派克的眉毛一動，顯然沒想到這票客人會豪爽地付清四天份的住宿費。

這透露了兩個訊息——他們不在意錢，以及他們很有錢。

面對給錢大方的客人，派克提起一絲精神，拿出了幾分服務的熱忱，帶著翡翠他們前往二樓的房間。

令翡翠他們感到意外的是，二樓的隔音做得相當不錯。

走上二樓前，一樓的喧譁聲好似能掀破屋頂，然而一踏上二樓走廊，那些聲音驀然間像被徹底抹消，沒了丁點痕跡。

「眞安靜呢。」翡翠滿意地點點頭，晚上睡覺他可不喜歡受到噪音干擾。

「不過是不值一提的消音魔法。」縹碧不以爲然地撇撇唇，「你的眼界太小了，這種微不足道的……」

「梅露西對噪音很在意，你們在二樓可以睡個好覺。」派克的聲音打斷了縹碧的話，雖然他壓根不曉得這裡還有他們四個人以外的「人」在場。他先打開一扇房間門，讓翡翠他們進入觀看，「剩下的另一間空房在那邊，跟我過來。」

「沒有近一點的嗎？」伊迪亞看見派克手指比的方向，皺了皺眉。如果可以，他更希望兩間房能相鄰，假如出事才能第一時間互相照應。

派克一副愛理不理的態度，「沒了，就剩那間。」

既然沒得選擇，伊迪亞只好提步跟上。

翡翠率先走進他們的房間，簡單掃視一圈。房裡只有基本的床板、桌椅，附帶一個狹小的浴室。整體可以說樸素到簡陋的地步，連一絲花俏的裝飾都找不到，而且還沒有對外窗。

這樣的房間搭配派克索取的天價，翡翠忍不住再次暗暗咂舌。幸好付錢的不是他，要他花錢住這種黑店，他還寧願先反搶一波，綁了這間店的人，把整個地方佔爲己有。

等等，這主意好像不錯……不不，還是別亂來吧。

翡翠趕緊晃了晃腦袋，把這念頭晃出去。他們是來黑市裡尋找蘿麗塔下落的，得先低調行事才行，況且也不曉得這裡的人武力值如何，又藏著多少勢力。

就在翡翠分神的時候，一道稚嫩的嗓音冷不防從他的包包裡冒出。

「翠翠！」

那聲音在靜謐的二樓房間裡格外明顯，從另一端返回的派克碰巧聽個正著，緊接著他就看見那名妖精斜揹在腰間的包包有了動靜。

一道迷你影子從包包的袋蓋底下鑽了出來。

派克還來不及看清影子全貌，翡翠的手掌已飛速覆在包包上，擋住了派克的視線。

「房間雖然不怎樣，但還算勉強能住吧，有什麼問題我們會再找你。」翡翠若無其事地把想爬出來的珊瑚塞回包內。

起先他還能感受到珊瑚不死心的掙扎，可接著似乎有其他力道毫不客氣地把她一把拽了回去。

包包內，珊瑚氣急敗壞地摸著自己發疼的屁股，「誰偷打我的屁股！」

「妳猜？」珍珠雲淡風輕地反扔了問題回去。

「噫，我才不想碰翠翠以外的人的屁股。」瑪瑙語氣甜甜軟軟，說出來的話卻一點情面都不留。

包包外，翡翠自是不曉得三名小精靈的爭執。他朝斯利斐爾微抬下巴，示意他可以關上房間門了，同時也明示著派克可以離開。

「等等，還有事沒交代完。」派克在斯利斐爾有所行動前先開口，「不管你們是什麼來頭，住在這裡，半夜不管發生什麼事，都別去管別人的閒事，待在自己房裡就行了。否則，好奇心容易害死人。」

「待在房間裡就保證安全了嗎？」翡翠問道。

「我們只提供住宿的地方，安不安全，那就看自己的造化了。」派克牽動臉頰肌肉，勾起一抹僵冷的笑意，「那就……希望這幾天你們住得愉快。」

主動替翡翠他們關上房門，派克慢吞吞地往樓下挪動，來到樓梯口的位置，他轉頭再回望一眼翡翠他們的房間。

雖然當時他沒有看清那抹影子究竟長怎麼樣，可驚鴻一瞥間，他還是看見了小小、尖尖的長耳朵。

那通常是妖精一族的主要特徵。

派克無神的眼內閃過一瞬精光，如果他沒猜錯，那個背包內很有可能就是藏著珍貴的掌心妖精。

掌心妖精啊……這幾個字讓一向缺乏幹勁的派克都蠢蠢欲動起來了。

派克走下樓梯，耳邊又恢復了吵嚷，喧鬧不已的人聲宛如鼎沸的熱水，激烈滾動的泡泡彷彿隨時會爆開。

「梅露西。」派克找到了他的姊姊，有氣無力地喊了一聲。

忙碌的金髮女人抽空回頭，眉毛挑高。

「今晚可以準備宵夜了。」派克對梅露西豎起了三根手指，「我們須要多點人手幫忙，不然會忙不過來。」

梅露西先是一愣，旋即眉眼彎彎，笑得越發燦爛，像朵冶艷盛開的花。

爲了能讓繁星冒險團順利進入黑市，冒險公會替翡翠他們準備的是一個假身分。說是假的也不完全正確。

假如有人特意去查，就會發現凜冬獵團確實存在，就連各項委託記錄都能找得到。只不過那些人不會知道，這個獵團表面是獎金獵人組成，可實際上，裡頭的成員都是冒險公會自己的人手。

像這樣的獵團，冒險公會底下準備了許多個，爲的就是方便他們收集到獎金獵人那邊的情報。

頂著凜冬獵團的名號，翡翠他們在黑市行走可以省去不少不必要的麻煩。

既然集合地點有了，那麼接下來就是分頭行事。

翡翠果決地和斯利斐爾再拆隊，好讓對方能充分發揮神奇的背景板功能，神不知、鬼不覺地探聽到小道消息。

當然在拆隊之前，翡翠沒忘記要搶走斯利斐爾身上的錢包。

但斯利斐爾彷彿早就料知到翡翠的行動，拆隊通知剛發出，他直接隱身，讓翡翠連摸到錢包的機會都沒有。

「斯利斐爾是混蛋王八蛋，你以後上廁所一定都找不到衛生紙的！」翡翠朝著斯利斐爾最後消失的方向比出了中指。

「唔哇，太惡毒了……」伊迪亞搓搓手臂，有些同情斯利斐爾，沒想到下一秒他就看見翡翠蹙起眉，推翻了先前的詛咒。

「不行，這個對他根本不痛不癢，還是換一個好了。」翡翠想起斯利斐爾是眞神代理人，本質上就是個喝露水吃空氣就能活下去的小仙男，恐怕對方連上廁所的需求都沒有，「嗯，果然還是從今晚開始，都強行抱著他說床邊故事好了。」

翡翠笑得喜孜孜的，腦中已經自動浮現出將大鬆餅抱在懷中的美好觸感。

伊迪亞發現自己越來越看不懂翡翠了。

讓氣質出塵的貌美妖精抱著說故事？這哪裡算是懲罰，這分明是多少人都求之不得的福利啊！

伊迪亞最後只能推論這或許是那對主僕的小情趣吧。

伊迪亞沒有干涉別人情趣的喜好，與翡翠分開前，沒忘記多叮囑對方幾句，絕對別輕易讓別人看到他的長相。

至於行動力最強大的縹碧，就負責摸清這座黑市裡的環境，將塔爾分部提供的簡略地圖補充得更爲詳細。

假如他們眞在此地發現了蘿麗塔的行蹤，那麼一搶回人就必須要用最快速度撤退，而一條能保命的逃離路線是不可或缺的。

想了想伊迪亞的吩咐，再摸摸自己的臉，保險起見，翡翠不蒙著臉了，他直接戴上面具，只露出一雙眼睛。

面具還是之前在馥曼做任務時買的，沒想到在這裡又派上了用場。

妖精的美貌和氣質本就引人注目，更別說翡翠的外表就像是造物主偏心的傑作。要是讓他大剌剌地以眞面目示人，只怕在這個黑市裡，很快就會淪爲目標，更可能成爲拍賣會上的商品。

不只翡翠，還有瑪瑙、珍珠、珊瑚。

掌心妖精存在珍稀，同樣容易惹來覬覦。

在進入瓦倫蒂亞沙漠之前，翡翠就已經對三名小精靈千交代、萬交代，沒有他的吩咐，絕對不能輕易從包包裡跑出來。

假如有誰違反規定，晚上睡前就不會有額頭親親了。

然而珊瑚還是耐不了性子，差點就在外人面前暴露面目，也因此失去今晚的親親。

確定全身都被掩得密密實實，就連精靈的尖耳朵都不易被人注意到，翡翠這才放心前往人多的地方。

黑市裡龍蛇混雜，不同種族、不同身分的人都有，當中亦不乏像翡翠這樣不肯以眞面目示人的人。

或許是因爲拍賣會即將到來，翡翠走在路上，時不時就能聽到相關的話題被提起，這省了他不少打探的工夫。

他默默把這些資訊記在心裡，腳下步伐不停，像條靈活的魚在人群中悠游穿梭。

拍賣會將在三天後舉行，由榮光會主辦。

拍賣專用的會所平時守備森嚴，大門緊閉，不允許無關人士隨意靠近，只有在拍賣會期間才會讓人進入。

但想要順利進去拍賣會，必須要有邀請卡才行。

邀請卡獲得的方式有兩種，一種是成爲榮光會的客人，一種是花大錢買下。

只是距離拍賣會只剩三天，那些釋出的邀請卡名額早就被搶光。如果想要讓持有者轉讓，恐怕要花上驚人的天價，更可能的結果是就算砸錢也買不到。

可惜無論哪一種，翡翠都沒辦法達成。

他和榮光會又沒牽扯，想在一夕之間成爲他們的座上賓也太高難度。而砸大錢？別鬧了，精靈王都已經窮到要脫褲，有錢他幹嘛不買好吃的安慰自己。

看樣子，得考慮看看第三種方法了。

雖然他沒卡，但別人有嘛，那就搶別人的就好啦！

翡翠隱在面具後的臉上浮現躍躍欲試，決定往這方面深入打聽，看誰能成爲他心目中的那隻大肥羊。

一想到羊，翡翠就忍不住想起桑回，然後自然而然想到了美味的烤全羊。

眞希望桑回哪天願意變回金色大肥羊，讓他刮幾片羊腿肉下來烤就好。可惜他幾次去華格那分部不是沒碰上桑回，就是桑回剛好生病拒絕見客。

越是回想烤羊肉的滋味，翡翠越覺得口水增冒，他摸摸肚子，覺得該去覓食了。

在尋找便宜又好吃的美食途中，翡翠發現到就算街上有人起了紛爭，甚至是演變成激烈的鬥毆，也不會有人特意出面阻止。

周遭人們的反應儼然分成了兩派，一派是恨不得事情再鬧大一點，為他們帶來樂子；一派是習以為常，淡淡瞥了幾眼就專注在手上的事。

翡翠他們在進入碉堡時見到的守衛們，似乎只負責看守黑市大門，黑市裡的民眾無論如何惹事，都引不起他們的關切。

歷經一番千辛萬苦，翡翠總算找到一個價位勉強沒那麼嚇人的小攤子。攤位前掛著「香腸三串三枚金幣」的紅布條，老闆則是個胖胖的中年人，一雙笑咪咪的眼睛給人和善的感覺。

這裡的香腸和翡翠認知的台式烤香腸不一樣。

它的表皮是雪白的，就連切面也呈現柔軟的白，卻不是翡翠印象中的米腸。而是更為柔滑細膩，看上去就像是由雪花和奶油捏塑而成，似乎只要指尖稍稍一按，就會軟軟地塌陷下去。

隨著在炭火上烘烤的時間越長，它的表面漸漸沁出淡粉花紋，飄出來的香氣也從溫和漸漸轉為霸道，無孔不入地入侵周圍各個角落。

翡翠就是被這股香氣吸引過來。

像是花椒、香蒜、起司，再混著蜂蜜和啤酒，一縷縷地勾著人腹裡的饞蟲。

翡翠都能聽見自己的肚子發出咕嚕咕嚕的叫聲了。

三條三枚金幣和外面比起來是貴了好幾倍，但在黑市裡可謂平價了。因此翡翠二話不說先叫了六條，打算一條等回去分給三個小精靈，剩下五條他通包。

等待香腸烤好的期間，他有一搭沒一搭地和老闆閒聊起拍賣會的事，順利獲得了進一步消息。

原來那些穿著統一灰制服的守衛們，就是榮光會的人。

雖說榮光會是黑市的管理階層，但除非影響到榮光會的利益，否則他們不會插手黑市裡的任何爭執，就算是變成流血或死亡事件也無動於衷。

而榮光會的背後，有著卡莫拉家族，現任家主叫作柯薩諾．卡莫拉。他對外皆是戴著面具，據聞只有他的心腹和少數族人見過他的眞面目，平時鮮少出面，大多是由他的手下處理大小事。

在瓦倫蒂亞黑市裡，堪稱是一位相當神祕的人物。

翡翠把這名字記下，打算晚點叫縹碧去查查這個叫柯薩諾．卡莫拉的人。

既然這人是最高掌權人，倘若冬狼帶著蘿麗塔前來，想必會與對方有所接觸。畢竟他們帶來的可不是普通商品，而是暗夜族小公主的指甲。

翡翠的眉頭忽地皺了一下，如果可以，他希望蘿麗塔能繼續陷入沉睡，如此才能讓她的安全獲得最大保障。

翡翠自認是個冷酷無情的殺手，可是凌虐孩童這種事，他無論如何都無法接受。

那簡直就是萬惡不赦！

彷彿感受到翡翠情緒的起伏，掛在他腰側的包包驀然動了下，幾顆細碎的白色光點從裡頭飄了出來，輕輕滲入他的手背底下，一股柔和涼爽的波動旋即蔓延至他的全身。

這感覺，就像是在炎熱酷暑下突然嚐到清涼消暑的汽水，霎時化解了翡翠心頭爬上的一絲鬱氣。

知道是瑪瑙動用治癒法術在安慰自己，翡翠嘴角不自覺揚起，手指也探入背包裡，立刻感受到有雙小小的手抱住他的指尖，柔軟的觸感傳遞而來。

接著是第二雙、第三雙，分別來自珊瑚和珍珠，她們兩人可不願讓瑪瑙獨佔翡翠的注意力。

翡翠的心情肉眼可見地變好了，當他接過攤子老闆遞來的烤香腸，心情就更好了。礙於臉上還戴著面具，僅是揭起一半就隱藏不了他光華萬丈的美貌，容易成爲他人的目標，翡翠只好忍下想邊走邊吃的欲望。他吞吞口水，多看了袋中的烤香腸幾眼。

翡翠正要離開攤位，就見到有人過來找老闆。

「斯諾克，梅露西讓人送消息過來，說今晚他們那邊要準備宵夜。」說話的人是一個留著小鬍子的男人，膚色深黝，眼睛有點倒三角，「她問我們要不要加入。」

「哪個梅露西？」香腸攤老闆還是笑呵呵的，「我睡過的梅露西可多著呢。」

「有種你在銀酒杯的梅露西面前講，看她會不會一刀剁了你的小牙籤。」小鬍子不屑地說。

「呸！你才是牙籤，我這明明是大炮！」一提到男性尊嚴，香腸攤老闆也不笑了，直接朝小鬍子甩了臉色，「滾滾滾，不買東西就別妨礙我做生意！」

翡翠的尖耳朵動了動，捕捉到兩個不算陌生的字眼。

梅露西，銀酒杯酒館。

是他們住的地方，和酒館老闆娘的名字。

翡翠沒有停下離去的腳步，就連速度也沒有特意放慢，沒一會兒已離開攤位一大段距離。

看在香腸攤老闆和小鬍子眼中，翡翠已走得夠遠了，不可能聽清他們在說什麼。

「如何，要不要來？」小鬍子問道：「梅露西他們保證會分我們一點的。」

「他們當然得分。都要借我們的力了，還不想讓我們喝口湯，哪有那麼好的事。跟梅露西說，算我一個。」香腸攤老闆又恢復笑咪咪的表情，「我自己會帶工具過去，就和以往一樣。」

「沒問題，我等等就跟梅露西說一聲，聽說這回的食材非常高級呢。」小鬍子有些迫不及待地搓搓手。

不只小鬍子迫不及待，就連翡翠也湧上了相同心情。

精靈的耳力可是靈敏得很，隔著這一大段距離，也足以讓翡翠把兩人的談話內容都聽進去。

翡翠雙眼驟亮，興奮的火苗在他心頭點燃，沒想到自己能獲得這意外之喜。準備了非常高級的食材，還爲了煮宵夜特地找人手幫忙，那絕對會是驚爲天人的美食了！

只要哪裡有好吃的，哪裡就會有他精靈王。

翡翠舔舔嘴唇，恨不得時間能加速流轉，最好直接來到宵夜時間。

他一定，要想盡辦法分得一杯羹！

✣✣✣

和翡翠他們分開後，縹碧展開自由行動，只要他有心藏匿身形，碉堡內誰也不會發覺到有一位靈就在他們四周。

他化作透明人影，將前方的人群視爲無物，輕巧地直接穿越那一具具軀體。

大部分人毫無所覺，少數特別敏感的人只覺有一陣古怪冷意鑽過，但回頭張望卻又什麼也沒發現。

縹碧聽到了很多聲音。

說話聲、爭吵聲、斥罵聲、怒吼聲，還有武器撞擊的尖銳聲響。

接著，是血液汩汩滲出的聲音。

就算披著熱鬧市集的外皮，這裡的本質依舊是一座黑市，縈繞著貪婪、殺意，以及血腥。

但對縹碧來說，他最熟悉的還是魔力流動的聲音。

位在神棄之地，又藏於碉堡之內，瓦倫蒂亞黑市的生活終究不若外界便利，必須靠許多魔法陣的運作來補足這份差距。

這也導致碉堡內處處都能感受到魔法的痕跡。

在彎曲的巷道裡走了一陣，縹碧就失去興趣，這速度太慢了。他拿著翡翠給的黑市地圖，身子騰空，輕飄飄地浮在了高空處。

可惜碉堡內部在高度上有所限制，又有嶙峋突出的岩柱遮擋視野，底下所有光景難以一覽無遺，只能一區區巡視過去。

縹碧低頭看了一會地圖，紅布後的雙眼盯住了「拍賣會場所」這個字眼。

雖說翡翠給的任務是摸清碉堡內部的環境，但縹碧覺得與其在這上面多花時間，不如直接入侵重地，也就是拍賣會場所。

縹碧加快了速度，像支看不見的箭矢，在空中高速飛舞。他繞過沿著地形起伏而砌蓋的石屋，越過在街道上如魚群前行的人們，穿過奇形怪狀的巨大岩柱。

最末，在一處莊嚴恢宏的大宅前停了下來。

這幢大宅緊貼高聳石壁，或者可以說，它就像是從石壁裡延伸出來的一樣。

它的屋頂是圓形構造，正面立著多根石柱，柱面上雕刻著流暢的曲線，石柱與大門之間隔出了一條門廊通道。雖說整體都是以巨大石塊建蓋而成，卻不乏多處細膩且華麗的細節，屋頂、壁緣，或是門上雕紋，都貼上了奢華的金飾。

這裡，就是固定舉辦拍賣會的場所。

無論是正門或兩側的多扇拱門，皆緊緊閉闔，外頭站著一排灰衣守衛，個個攜帶武器，眼神漠然，渾身卻透出濃濃的煞氣，令人望而生畏。

但這些人裡，肯定不包含縹碧在內。

首先他根本就不是人，其次那些守衛們在他眼中，還沒有牆上及地面埋設的魔法陣有用。

是的，在縹碧的感知當中，這地方差不多是被魔法陣佔滿了，密密麻麻地簡直像深怕會漏下任何一處空隙。

但由此也可看出背後之人對此地的極度重視。

如果僅僅是用來舉行拍賣會，有必要如此大費周章嗎？

顯然這裡有著相當重要的東西，拍賣會的商品想必就在裡面。

縹碧緩緩落地，白袍衣角無風自動，彷彿有看不見的氣流輕輕拂過。他如入無人之境地一路來到正門前，伸手摸了摸門上紋路，指尖順著線條遊走，最末停在中心處。

正門的中央鑲嵌著一個碩大的圓形徽紋，圖案是銀蛇銜著三片金葉子，蛇頭上的雙眼則是兩顆赤艷的紅寶石。

灰衣守衛們站得筆挺，身上的每一寸肌肉都是緊繃的，無時無刻都處於警戒狀態。然而全程嚴陣以待的他們卻不會察覺到，有人正在他們身後肆無忌憚地行走。

縹碧不疾不徐地沿著拍賣會場所的外牆走，注意到牆上除了構成法陣的圖紋外，還有一些怪異、但又看不出具體形狀的紋路。

它們乍看下彷彿是誰隨意撇畫在上，儼然不具任何意義。

縹碧對與魔法無關的東西一向沒興趣，他看了幾眼便收回注意力，慢吞吞地又往後退開，直退到那群守衛們前方。

守衛依舊毫無所覺。

縹碧看著被層層魔法陣嚴密保護的拍賣會場所，遺憾地彈了下舌。要破解那些法陣需要許多時間，還可能會損害到自己的身體。在這過程中，也可能會驚動到拍賣會背後的勢力。

強行突破這個辦法得剔除了，要不然一旦打亂翡翠要做的正事，他就會被貼上不完美的標籤。

縹碧自是不會允許這種事發生。

既然這裡沒了額外勘察的價值，縹碧將拍賣會場所外的詳細動線記下，便悠哉地飛上空中，離開這個地方。

第4章

深夜在不知不覺中到來。

隨著入夜越深，瓦倫蒂亞黑市裡用來充當照明的日核礦也暗去大半，街道上罕見人跡，到處似乎空空蕩蕩。

僅存的日核礦在崎嶇不平的岩壁上投下大片歪曲陰影，爲這裡增添了一份陰森。

似乎萬籟俱寂的深夜裡，大多數人已進入夢鄉，有道單薄人影卻在這時候屈膝坐在高高的屋頂上。

比夜色還深沉的黑色長髮垂落在他的肩頭、後背，被白袍包裹的軀體赫然是半透明的，這說明了他非人的身分。

縹碧在大多時間裡喜歡獨處，或是把自己的存在徹底抹消，即使和自己簽訂契約的主人就在底下房間，他也沒有打算要和對方同處一室。

他習慣性地坐在屋頂上，一動也不動，彷彿一座靜止的雕像。

突然間，那道身影不穩地前後晃了晃，再猛地繃直，就像是睡到一半冷不防驚醒的人一樣。

縹碧隱藏在紅布條後的雙眼睜開。

如果有人能窺見他的眼睛，就會從裡頭看見驚訝的情緒。

他剛剛……是作夢了？

靈會睡著嗎？靈會作夢嗎？

照理說，這兩件事都不應該發生於縹碧身上，但它們確實發生了。

縹碧的面孔上流露一絲茫然，似乎難以理解自己方才怎會短暫地陷入夢境裡。

可很快地，他又理智地否決了。

不，那與其說是作夢，不如說是深埋在核心深處的一份資料突然被喚醒了。

在他失神的短短片刻裡，他像是墜入一片闃黑，黑暗中聽到聲音，指引他前往瓦倫蒂亞沙漠，前往神棄之地。

——在那裡，有伊利葉留給他的遺物。

留給遺產的遺物？縹碧忍不住都要被這個說法逗笑了。

但不管如何，既然是創造者要留給他的東西，他自會想辦法尋找出來，反正他都身處在神棄之地當中了。

縹碧站起來伸伸懶腰，打算再去黑市的其他地方閒逛。至於伊利葉的遺物，就等翡翠他們的委託告一段落後，他再挪出時間來找吧。

縹碧在幽暗的高空中緩緩漫步，好似將這座城市視爲他的領土。他踩過一棟棟石屋的屋頂，偶爾會在街上看見稀疏的人影。

倏然間，縹碧停了下來，他若有所思地盯住某一個方向。

那裡有兩道身影，而且，還似曾相識……

✣✣✣

銀酒杯酒館早就過了營業時間，大門緊閉，但一樓裡仍留有燈光。

不只是還亮著燈，就連梅露西、派克，還有他們的廚師高爾都在場。

高爾守在通往二樓的樓梯口前，他體型矮壯，手臂肌肉格外結實發達，像是隨時會將薄薄的布料撐破。

二樓被設了隔音魔法，只要樓上的人不走到樓梯間，不管一樓的喧鬧聲有多大，那些聲音都不會傳遞到上面。

高爾就是要確保不會有人突然出現。

派克站在吧台後，拿在手裡的杯子早被他擦得晶亮，他卻動作不停，彷彿上頭仍存有許多污漬。

「再擦就要破了。」梅露西把喝完的空酒杯往桌上一放，斜眼睨向自己的弟弟，「派克，你除了擦那個杯子，還會做些什麼？」

「幫妳煮宵夜。」派克頭也不抬地說，「妳找了幾個人？」

「斯諾克和鬣狗。」梅露西看向門口處，外頭猶然一片寂靜，「加上我們三個，五個人，夠煮一大鍋超級豐富的，高爾你說對吧。」

「嗯。」高爾從喉頭逸出一個簡單的音節。

「妳問他什麼都說嗯，對吧，高爾。」派克將杯子拿高，透著燈光看，光潔的杯面閃閃發光。

「嗯。」高爾還是同樣音節。

梅露西撇撇唇，轉頭看向牆上的鐘。他們一夥人約定碰面的時間是凌晨兩點半，這個時間點通常也是人們睡得最熟的時候。

還有十五分鐘就到約定時間，就在這時，酒館外傳來了敲門聲。

屋內三人朝大門方向看去，誰也沒有在第一時間有所動作。

外邊的人先敲了一下，大約十秒過後又再快速地連敲五下。

是他們約好的暗號沒錯。

梅露西看了派克一眼，後者像根柱子般杵著不動，礙於高爾必須注意上方動靜，她彈彈舌尖，只好自己起身去開門。

門一打開，一胖一瘦的兩條身影靈活地竄了進來。

正是翡翠下午曾見過的香腸攤老闆和高瘦的小鬍子男人。

「確定是上好的高級食材吧。」斯諾克將分量十足的袋子往桌上一放，一屁股在梅露西面前坐下，不笑時很細、笑起來幾乎看不見的瞇瞇眼大刺刺地朝梅露西白花花的胸脯位置瞄去，「梅露西，妳包得太多了，我幫妳拉下來一點吧。」

梅露西笑靨如花，然後迅雷不及掩耳地從桌下抽出了一把大刀。

斯諾克只覺眼前銀光一閃，下一瞬就看見那光往他手指落下。

「咚」的一聲，大刀深深陷入桌面裡，刀鋒精準地卡在斯諾克的指縫間，只要稍微偏離一點點，他的手指就要不保了。

梅露西還是笑著，微噘的紅唇性感，「你那張嘴再敢亂放屁，老娘下次瞄準的，就不是你的手了。」

「開個玩笑，開個玩笑嘛。」斯諾克賠著笑臉，識相地把視線往旁邊挪，「食材到底有多高級？鬣狗只說你們要幹一筆大的。」

「妖精。」派克慢吞吞地說，就在斯諾克和鬣狗不約而同露出了「就這樣？」的表情時，他平淡地再扔出四個字，「掌心妖精。」

派克語氣平淡，斯諾克和鬣狗卻淡定不起來，他們兩人瞪大眼，眼中滿滿是激動的光采。

誰不知道掌心妖精多稀有，這輩子想看可能都還看不到。

掌心妖精在魔法造詣上並沒有勝過其他妖精太多，但他們巴掌大的玲瓏體型和精緻的外貌，足以令多數人爲之瘋狂。

簡單來說，他們的可愛讓人願意付出天價，只爲擁有一隻掌心妖精在身邊。

「你確定？沒看錯？」鬣狗謹愼地問，「不是把洋娃娃看成掌心妖精吧？」

「我沒眼花。」派克不冷不熱地頂了一句，「不然也不會找你們過來。帶著掌心妖精在身上的，是另一名妖精，從頭髮顏色判斷應該是木妖精。扣掉掌心妖精，他們總共有三個人，一個看起來是木妖精的侍從，還有一個是劍士。」

梅露西撫摸著自己的武器，銀白的刀面映出她若有所思的眼神，「那個木妖精一直把臉藏著，只要他下樓，都不曾露出眞面目，眞讓人好奇他長得是醜還是美。」

「管他長怎樣，別浪費時間了，該動手了吧。」斯諾克迫不及待地站起來，將他帶來的袋子往桌面一倒，各式各樣的刀具折閃出鋒銳的光芒。

「嗯。」高爾沉沉地說。

「高爾、鬣狗負責劍士那間房，妖精他們就交給我們。」梅露西發號施令，「別把掌心妖精以外的人弄死了，最好讓他們留著一口氣，手腳記得也要完整留著，不然要賣也開不了高價。」

斯諾克和鬣狗對此沒意見，反正他們只是協力，只要事後分到滿意的利益即可。

派克終於捨得把他一擦再擦的玻璃杯放下。他彎下身，從吧台的最下層取出了一柄木頭法杖，再從箱子內抓出兩把枯紅色的乾燥蘑菇，一把扔給了鬣狗。

已經不是第一次合作了，鬣狗自然知道這些迷夢菇的效用。

迷夢菇點燃後會釋放出無色無味的煙氣，只要吸到一點，就會瞬間陷入夢境，渾然不察外界動靜。即使維持的時間無法太久，但這段空檔足以讓人將獵物料理完畢。

而要抵禦迷夢菇的方法也很簡單，直接摘一小片迷夢菇吃掉就好。如此一來，那些煙氣就無法對自身產生作用。

梅露西等人各摘了一小片迷夢菇放進嘴中，感覺那酸苦的味道在舌尖上擴散，直到充斥整個口腔。

確保萬無一失後，一夥人互使一記眼色，開始他們的夜間行動。

過度記掛著今夜的宵夜，翡翠的睡意遲遲沒有降臨。

都半夜兩點多了，他還是在床上不停地翻過來、翻過去，像把自己當成一張煎台上的大餅。

房內除了他，還有斯利斐爾和三名小精靈，因此他在翻動的時候有刻意控制力道。噢，縹碧照慣例又不在了，反正只要需要派他上場時在就好。

但顯然這樣的音量，對斯利斐爾依舊造成了干擾。

「您很吵。」筆直坐在椅上的斯利斐爾霍地睜開眼，「需要在下幫助您入眠嗎？」

「才不要，你一定是用暴力物理方式幫忙。」怕吵醒另一張床上的小精靈們，翡翠用氣聲說，「你別管我，睡你的覺啦。」

「嚴格來說，在下毋須入眠。」斯利斐爾糾正翡翠的措詞。

「不睡我就唸故事給你聽。」翡翠嫌斯利斐爾囉嗦，再次祭出他的殺手鐧。

「您只會這一招嗎？」斯利斐爾冷冰冰地迎視。

「這招有用就行。」翡翠不以為意地說，他對斯利斐爾笑得一臉無辜純良，「如何，有用嗎？」

斯利斐爾拒絕和對方說話，並朝他砸出了一副白手套。

翡翠輕鬆避過，知道斯利斐爾這是惱羞成怒了。

正當他心情愉快地想把自己再次當成一張得要不停翻烙的大餅，以爲睡著了，但其實白日睡太多、仍精神十足的三名小精靈再也按捺不住，紛紛出聲。

「故事！」珊瑚高高跳起，指尖還點燃一簇火焰，映亮她興奮的臉蛋。那雙桃紅色的眼睛閃閃發亮，絲毫沒有一絲睡意，「我想聽！想聽！翠翠說一個珊瑚大人偉大冒險的故事吧！」

「可以聽小黑屋系列的嗎？」珍珠掀開被子，原來她躲在被窩裡偷看書，「關在小屋子裡，沒有窗戶，門板釘死，主角要被綁在床上，吃飯上廁所都必須靠別人的那種愛情故事。」

翡翠覺得這聽起來更像是個犯罪故事。

相較於兩名同伴直白地提出要求，瑪瑙先確定珊瑚點的火夠亮，能讓翡翠清楚地看見他眼中的淚光後，他可憐兮兮地朝翡翠伸出雙手。

「翠翠，我能不能跟你一起睡？對不起，我好沒用……不像珍珠、珊瑚自己睡都沒問題，但如果會打擾到翠翠的話……不過去也沒關係……」

瑪瑙吸吸鼻子，用手背揉揉眼角，眼眶雖然染紅一圈，但眼神透出了堅強。

「我、我會試著再努力學會獨立的，就算珊瑚一直踢我……我也會忍耐的。」

「我才踢到你一下！」珊瑚哇哇大叫，後面的「你踢了我十幾下」還來不及說出口，翡翠就先心疼地把瑪瑙接過來。

「珊瑚大人眞的只踢他一下！翠翠你要信我！」珊瑚揮舞著手，手上的火焰跟著飛甩。

「珊瑚下次多注意點就好。」翡翠安慰道：「妳們要一起過來嗎？」

「我和珊瑚睡這裡就好。」珍珠抓住珊瑚那隻容易引發火災的手，讓她把火焰固定在空中，直接成爲一盞照明燈火，「翠翠要說故事了嗎？」

「說故事啊，那我就說一個斯利斐爾一定會愛的……」翡翠話還沒說完，斯利斐爾倏地離開椅子。

翡翠還以爲對方是終於想對他下毒手了，沒想到斯利斐爾卻是往門邊走去。

「怎麼了？」翡翠連忙問，「難不成是聞到什麼好吃的？」

斯利斐爾轉過頭，那眼神就像在凝視一塊朽木，還是腐爛到不行的那種。

「算了算了，你去吧，如果發現樓下有人煮宵夜記得告訴我。」翡翠擺擺手，也沒多問斯利斐爾這趟是想幹嘛。

銀髮男人的身影在門前消隱，不到片刻便重新出現。

「外面有動靜。」斯利斐爾平靜地說，「伊迪亞他房外有兩個人。」

「不會是要搞三劈吧。」翡翠想也不想地脫口而出，「希望聲音別太大，我對聽現場的一點興趣也沒有。」

「什麼是三劈？三劈是什麼？」珊瑚好奇心旺盛地追問。

翡翠暗惱自己一時嘴快，忘記旁邊還有小朋友，「三劈就是……三個人玩劈腿。」

「在下不知道他們會不會劈腿，但在下確定那兩人在燒迷夢菇。」斯利斐爾把跑遠的話題拉回來。

「迷夢菇又是什麼？」翡翠納悶，「能……」

「不能吃。迷夢菇的煙無色無味，聞到一點就會陷入短暫昏睡。在下還沒說完，還有三個人，也在我們房外燒迷夢菇。」

翡翠雖然愛吃，但又不笨。房外人的舉動再結合他在香腸攤上聽到的煮宵夜言論，他當下便醒悟過來，原來「煮宵夜」，指的是對他們這幾個旅客下手，他們就是所謂的

「食材」！

「草你……」翡翠及時吞下髒話，「你都看到了幹嘛不阻止？」

「在下想確認他們的目的，況且迷夢菇對您也無效。」斯利斐爾拿起翡翠的背包，走至珊瑚她們床邊。兩名小精靈在他們說話間已閉上雙眼，軟綿綿地倒在床上，空中的火焰跟著消失無蹤。

翡翠反射性往自己大腿上一看，瑪瑙還死撐著不肯閉上眼。

「要翠翠……口袋，不要包包……」瑪瑙頑強地比兩名小朋友多堅持了十秒鐘，整個人頓時像一根軟掉的麵條，差點從翡翠的大腿上滑下去。

斯利斐爾熟練地把珍珠、珊瑚都放進包包裡，再對著翡翠敞開包包的口，示意他把瑪瑙也放進來。

翡翠二話不說照做，畢竟比起自己胸前的口袋，他還是覺得眞神出品的背包對小精靈們更安全。

從小精靈們的反應來看，迷夢菇的煙想必已飄了進來，才會對他們造成影響。

翡翠下意識朝空中吸了吸，聞不出任何特別的味道，要不是他算是有著外掛，恐怕也會跟小精靈們一樣的下場。

翡翠這具身體是由眞神創造的，上面有著無法自殘這項規則在，凡是進入他體內、對他有害的物質，都會被無效化。

感謝眞神，下次夢裡再碰到，請祂們吃鬆餅！

將棉被堆出鼓鼓的形狀，翡翠揹好包包，抓住自己的雙生杖，和斯利斐爾一人站門邊一側，等著門外人的下一步動作。

他們沒有等上太久，房間門便輕巧地被人由外打開了。

房裡一片漆黑，唯有走廊上的些許光線流洩而入。

從梅露西他們的角度看，只能看見房內大致輪廓，包括床上隱隱有著鼓起的人影。

但這樣就已經足夠了。

派克留守在門外當後援，梅露西和斯諾克迅速衝進房裡，分別朝著兩張床逼近。

變故就是在這瞬間發生的。

黑暗並不妨礙翡翠的視力，在他捕捉到兩名入侵者的一瞬間，他也展開了迅雷不及掩耳的突擊。

他身手快如鬼魅，無聲無息貼近了離他最近的梅露西，俐落的手刀不客氣地劈上對方的後頸。

突來的重擊讓梅露西眼前一黑，驚叫尚卡在喉間，身體先失去重心地往前撲。那具豐滿的身軀倒在床鋪上，發出沉沉悶響。

「梅露西？」斯諾克回過頭，一條棉被冷不防兜蓋在他頭上，本就昏暗的視野瞬間成了伸手不見五指的闃黑。

驟然失去視力讓斯諾克心生一瞬的慌亂，促使他舉刀朝眼前的障礙物胡亂劈砍。

翡翠輕吐一口氣，他握緊變回原尺寸的雙生杖，然後毫不留情地朝被棉被蓋住的物體猛力揮出。

門口的派克在發現到情形有異的同時，一隻修長的褐色大掌猛然扣住他的頸項。他連反應的時間都沒有，整個人便被一把扯入房內，重重地往地面扔砸。

派克狼狽地摔在地板上，抓著的法杖差點脫手飛出。他驚覺狀況不對，急急喃唸咒語，想要使出防禦系魔法。

然而他的眼前突然出現了一雙腳。

派克下意識抬頭，呼吸停滯一瞬，就連咒語也跟著中斷。

翡翠已經很習慣看到別人對他露出類似的表情，讓他自己來形容的話，就是他炫目的美貌爲對方帶來了一記暴擊。

他微微一笑，在派克短暫的失神中，熟練地再次揚起法杖，對準派克的腦袋猛力掄了過去。

眞棒，他的雙生杖今天達成了完美的雙殺。

感謝珍珠最近對繩子的熱愛，翡翠從她那借了一條粗麻繩，將闖入他們房裡的三人捆成一團。

爲了確保他們徹底陷入昏迷，絕對不會在三分鐘後忽然醒過來，他有耐心地將三顆頭再敲了一次。

「在下認爲他們離永遠醒不過來可能不遠了。」斯利斐爾摘下白手套，換了一副新的。

翡翠不擔心這幾人的狀態，他擔心的是另一間房的伊迪亞。

希望那名暗夜族劍士如今的處境只是暫時醒不過來，而不是變成永遠醒不過來。

「眞神保佑啊，要是伊迪亞出事，我們就要失去金主爸爸了。」貧窮的精靈王說什麼也不想痛失來自別人的金援。

花別人的錢，眞的太香了。

伊迪亞的房門被半掩上，門外留著迷夢菇燒過後留下的殘渣。

翡翠剛貼近房門，門內冷不防傳來一陣撞擊，木頭門板跟著被重重關上。

「伊迪亞！」翡翠趕緊上前轉動門把，但門後似乎被什麼重物壓抵著，讓他一時難以順利推開。

「翡翠？」好在熟悉的嗓音在下一刻響起，伊迪亞語氣平穩，不顯驚慌，明顯並沒有遇上什麼危機。

翡翠頓時安心下來，他的錢包安然無事眞是太好了。

被關上的房門很快重新打開，伊迪亞模樣有些凌亂，身上還穿著番茄圖案的睡衣，但絲毫不損他英俊的風采。

「你沒暈過去？」翡翠慢一拍地意識到這個問題，「你沒吸到迷夢菇的煙嗎？」

照斯利斐爾所說，迷夢菇應該會讓伊迪亞陷入沉睡才對，但對方看起來精神奕奕，好似沒有受到任何影響。

「我沒聞到什麼奇怪的味道，不過既然是菇……」伊迪亞低頭看了眼門外未完全燒盡的殘渣，「暗夜族對毒菇的抗毒性向來還不錯。」

伊迪亞倒是沒問翡翠有沒有吸到煙，吸到的話爲什麼還能保持清醒？

當初在黑沼林的時候，植物系魔物羅娜絲爲了抓人當她的寵物，混合了咒殺兔子的棉花和藥草，成了能讓人變爲動物的毒藥，就連他們暗夜冒險團都被放倒了，但翡翠就算把毒藥吃下肚也是安然無事。

那種可怕的東西都對翡翠發揮不了效用，更不用說是迷夢菇了。

伊迪亞側身讓翡翠他們進入房間查看狀況。

翡翠最先注意到的不是躺在角落的兩個人，而是幾乎佔滿房間一半的……購物袋、購物袋，還是購物袋。

「我本來堆得好好的。」伊迪亞大嘆一口氣，開始收拾起凌亂的房間，「都是這兩個傢伙把它們弄亂的。」

翡翠很肯定，他們入住銀酒杯酒館前，伊迪亞的行李數量絕對沒有如此誇張。

換句話說，這些東西全都是……

「你一個下午買的？」翡翠小心跨過散落一地的物品。

「不買一點東西，我覺得壓力有點大。」伊迪亞先清出了一小片空地，讓翡翠他們有落腳之處，「別擔心，在離開這之前我會把它們都寄出去的。」

「不不，你這根本不叫一點了……」翡翠再次深刻地體認到伊迪亞到底多熱愛瘋狂購物，怪不得暗夜冒險團的紅髮女法師都想剁掉他的手。

短暫的震撼過後，翡翠把目光挪向地上的兩人。

一個是銀酒杯酒館的廚師，一個是今天在烤香腸攤位上見到的小鬍子。

他們兩人被打暈扔在地板上，臉上不知爲何泛著紫，宛如短時間內被人刷了一層淡紫色的顏料。

「他們這是……」翡翠納悶問道。

「我塞了紫顏菇到他們嘴裡。之前在路上摘的，本來打算自己吃。眞是……便宜他們了。」伊迪亞頗爲扼腕地說。

假如高爾和鬣狗仍醒著，想必會驚恐吶喊他們一點也不想貪這種便宜。

「吃了會怎樣？」想到暗夜族熱愛試毒菇的習性，翡翠可不認爲紫顏菇會是安全無害的小東西。

「紫顏菇的味道還不錯，像是蘋果鳳梨味。」伊迪亞說得讓翡翠不禁吞口水，「暗夜族吃下去的話，會連作惡夢三天，不過不睡覺就好了嘛。」

熬夜三天的概念嗎？翡翠不由得思索起自己要不要也犧牲一下睡眠，試試這個聽起來很好吃的紫顏菇。

斯利斐爾無情地潑了一盆冷水，「在下必須提醒您，那是身爲暗夜族的前提。倘若一般人吃下紫顏菇，臉會變紫色七天，前兩天單純昏迷，第三天開始只能與廁所爲伍，並且七天內只能喝水。」

「如果喝了水以外的……」

「您猜？」斯利斐爾冷淡地迎視，嘴角隱隱勾起一個嘲弄的弧度。

翡翠明白了，反正是他無法承受的機掰答案。他果斷地掐熄那一絲躍躍欲試，等伊迪亞換下睡衣，便和對方聯手把兩個不法分子搬到了他們房間。

那裡空間大，塞得下強盜一夥人，還能集中監控他們的行動。

一看見翡翠房裡倒地的三人，伊迪亞從口袋裡摸出了一小把螢綠色蕈菇，打算往他們三人嘴裡塞去。

「等等，好歹留兩個人能問話。」翡翠連忙阻止，「我還想從他們身上多挖一點情報呢。」

伊迪亞反手就把手上的螢綠毒菇全塞給了斯諾克。

梅露西和派克因爲是酒館主人，被選爲問話的目標，勉強算是逃過這一劫。

翡翠蹲在他們倆面前，尙在思索著要怎麼讓他們醒來，走廊上一陣驚天動地的拍門聲霍地打亂二樓的寧靜。

也驚醒了昏迷中的梅露西和派克。

第5章

梅露西感覺頭昏腦脹，簡直像灌了過多的劣質酒，不停歇的砰砰聲響讓她的頭更痛，彷彿整個要炸開了。

她想看清是誰製造出那麼大的動靜，但眼皮卻沉重得很，像被膠水黏住，費了一番工夫才撐開一條縫。

「開門開門，兔兔牌外送來了！」尖細的孩童嗓音在門外嚷著，伴隨著激烈的敲門聲，那股氣勢像要把這扇房門撞破一樣，「爲你們送來最可愛最美麗最善良的兔兔小姐了！快點開門呀！」

兔兔小姐又是誰？這裡可是銀酒杯酒館，哪個不長眼的敢……

梅露西遲鈍的思緒終於意識到不對勁的地方。

她現在在哪？她明明記得他們準備洗劫入住的客人，再把人賣掉，多賺一筆。

既然迷夢菇都燒了，按照以往的經驗，吸到煙的人都會陷入昏睡，然後他們就能輕鬆得手。

可是，爲什麼她沒有計畫成功的記憶？

梅露西這下慌了，她急著想弄清自己現在的處境，偏偏身子一時之間就是不肯聽她的使喚。

房門在這時候被人打開，連帶終止了那陣擾人的敲門聲。

「驚不驚喜？意不意外？開不開心？」這是那個吵不停的小孩子聲音，「兔兔我知道你們一定驚喜、意外、開心得眼睛都要掉下來啦！要是掉下來，我可以把它們啪滋啪滋踩扁嗎？」

梅露西還沒看清周遭的人事物，就先打了一個寒顫，沒想到那名孩童會說出如此凶殘的話語。

「好久不見了，我的小蝴蝶，我眞是想死你了。」第二道聲音難以立即判斷出是男是女，「你的嘴角有點乾了，啊，居然還有一點脫皮。這簡直讓人無法忍受，你怎麼能不好好保養它？」

「路那利、思賓瑟？」年輕清澈的聲音是屬於那個之前一直包緊緊的木妖精。

「地上的那些垃圾，要我處理掉嗎？」那道對木妖精噓寒問暖的嗓音倏然又變得冷漠，宛若凍人的寒冰。

直到有道陰影落在自己頭上，梅露西才反應過來，那人口中說的「垃圾」，包括她自己。

梅露西身子猛然一抖，還沒等她奮力睜開眼睛，冰得刺骨的水就潑到她身上。

「啊！」突然的寒意讓她反射性尖叫，身子也控制不住地直打哆嗦。

現場發出叫聲的不只她。

派克也被無預警地潑了一身水，混雜在水中的冰塊不客氣地砸得他生疼，還有一塊專挑他的鼻梁，打得他眼淚都冒出來。

梅露西眨掉眼上的水珠，看見弟弟和自己是差不多的境況。

高爾、鬣狗和斯諾克橫倒在牆邊，兩人的臉色泛紫，一人的臉色泛青，要不是他們胸口仍有起伏，梅露西差點以爲他們全死了。

「啊，醒了嗎？」翡翠笑咪咪地搬了張椅子，坐到梅露西和派克面前，身後站著斯利斐爾和伊迪亞。

梅露西一看清翡翠的面貌，不由得失神一瞬。

綠髮青年膚白如玉，一雙紫眸像巧奪天工雕琢的水晶，嘴唇令人想到鮮嫩欲滴的花瓣。碧綠的髮色如同春芽綻放，從髮間伸展出的尖長耳朵精緻得像易碎的藝術品。

這就是……那名木妖精的眞面目？

怪不得他要戴著面具，他這長相走在黑市裡，對他自身而言無疑是一種災難。

「你們兩個，要是敢再這樣繼續盯著我的小蝴蝶看，我會把你們的眼睛挖出來。」

猶如塗著蜜的柔軟聲音霍地進入梅露西耳中。

那分明是一道悅耳嗓音，可梅露西和派克只覺背上好似有條冰冷滑膩的毒蛇遊走，隨時會對他們展露致命的獠牙。

姊弟倆悚然地一轉頭，看見一名藍髮藍眸的妖艷少女。

她的美貌中透著一股鋒利，帶有強烈的侵略性。水藍色的長髮末端呈半透明，像是流動的水流，個子比尋常女性高上許多。當她居高臨下地俯視梅露西二人時，就像在看髒兮兮的垃圾。

梅露西記得還有另一個人，那個聽起來像小孩子的聲音。

不待她找到最後一人，一個柔軟的觸感先一步貼上她的後頸。那不是屬於人體或是任何生物的溫度，更像是無溫的布料。

「需要兔兔小姐咒殺嗎？」細細的童音貼著梅露西的耳朵，宛若催命的鈴聲。

梅露西渾身緊繃，頭皮發麻。她僵硬地扭過頭，沒想到映入眼中的是一隻……兔子布偶？

梅露西原本是瞪大眼，眼露驚恐，但預料外的畫面讓她的腦海突然出現空白，表情一時難以協調，反倒使得她的臉扭曲成奇怪的模樣。

「要咒殺嗎？要嗎要嗎要嗎要嗎？」思賓瑟靈活地跳下來，在地板上扭動身子，伸展著四肢，「友情價，不算錢，只要給一千根蘿蔔就好喔。兔子也會包售後服務的，保證讓目標死得不能再死呢。還是有特別要求？可以喔，沒問題喔，斷手斷手斷頭斷……咿咿咿咿咿！」

思賓瑟發出了像是脖子被緊緊掐住的呻吟聲。

實際上也差不多，它的脖子被斯利斐爾一腳踩住了，還不客氣地用鞋尖碾了碾，

「在下厭惡噪音。」

思賓瑟馬上連呻吟聲都沒有了。

回過神來的梅露西朝派克暗暗使了個眼色，要他趁沒人留意時暗中施展法術，她會負責吸引這夥人的注意力，拖延足夠的時間。

派克微不可察地點了點頭，他不用特意僞裝就是一副虛弱的樣子。他垂著臉，身子晃了晃，似乎隨時會往地面一倒。可與此同時，他嘴唇細微地張合，接近氣聲的咒語一個字一個字從他舌尖迸出來。

梅露西惡狠狠瞪向翡翠眾人，「這次栽在你們手上，算我們倒楣，但別以爲你們就能安然無事。你們以爲這是哪裡？這條街可是老娘的地盤，識相的最好把我們放了！」

「我們只是想知道一些消息。」翡翠還是笑咪咪的，「路那利，幫我把那傢伙的嘴巴堵住好嗎？他嘀嘀咕咕的也很吵。」

「只要是你的吩咐，我都很樂意去執行。」路那利指尖一挑，派克身上未乾的水瞬間飛起，凝成一片水膜，牢牢地封住了他的嘴巴，也強行中斷了他的唸咒。

「小蝴蝶你太善良了，做人不能那麼心軟。如果換成我，會把他的血液直接全凍了，再讓鮮血凝成的冰塊從他嘴裡溢出來，最後塞住他的氣管。」路那利連多看一眼派克都懶。男人這種髒東西，看久會傷他的眼，他寧可把這時間拿來多看翡翠。

思賓瑟滿頭問號地看看路那利和翡翠。如果兔子的記憶沒有退化，它記得翡翠曾經把路那利的心口捅出一個洞，這怎麼看都離心軟和善良很遠吧。

「妳是……魔女!?」目睹路那利毋須唸咒便能操縱水的景象，梅露西咬了咬牙，心知他們這次是眞的栽了大跟頭，但她心裡仍存有一絲僥倖。

這裡是瓦倫蒂亞黑市，外地來的人無論如何都得忌憚他們這些地頭蛇幾分。

「要是明天一早，我的手下發現不對勁，你們就只能等死了。」梅露西威脅道：「如果你們還想繼續待在黑市裡……」

「翠翠。」柔柔細細的呼喚打斷了梅露西的放話。

迷你小巧的人影不知道什麼時候從翡翠的背包裡鑽出來，氣質文靜神祕的小女孩坐在翡翠腿上。

她一頭柔順的雪色長髮披散，末端滲染著一抹水藍，尖尖的耳朵說明了她妖精族的身分。

梅露西倒吸一口氣，反射性看了派克一眼，又大力扭頭看著只有巴掌大的珍珠。

眞的有掌心妖精，派克那時候果然沒看錯！

「翠翠，我有繩子、手銬、鐵鍊、項圈，還有這個。」最先甦醒的珍珠從身上掏出了一本極爲迷你的小書，「你可以搭配這個對他們使用，撬開他們的嘴巴，逼問出想要的情報。」

「這是……」翡翠必須把書拿得非常近才有辦法看清上面的字，「瀕死的痛感與快感……速成調教手冊!?」

翡翠最後的幾個音節險些分岔，換他倒抽口氣，強行沒收這本兒童不宜的小書。

這書名也讓梅露西和派克聽得心頭發顫。

「桑回什麼時候給妳這個的？我回去就把他做成涮羊肉火鍋！」翡翠咬牙切齒，在心裡已經把桑回當成草人猛力扎了。

「不是桑回。」珍珠還是慢吞吞的語氣，見到書被沒收，也不和翡翠爭論，反正她早就背下來了，「是白薔薇送我的呀。」

翡翠瞪了斯利斐爾一眼，在腦中發出譴責，「怎麼沒把孩子看好？」

「在下認爲發展興趣和一技之長對小精靈相當重要。」斯利斐爾一板一眼地回應。

「小蝴蝶，你想從他們身上問出什麼？告訴我，然後剩下的交給我吧。」路那利揚起的微笑像美麗的花朵，只不過花瓣滲著毒液。

翡翠想起這位水之魔女可是「神厄」出身的，他點點頭，毫不隱瞞地把想知道的重點一一列出。

冬狼冒險團的蹤跡、拍賣會的邀請卡從誰身上可以弄到、拍賣會的流程、大致的人力分布、榮光會的資料……等等。

以及，這裡有沒有跟水有關的……特殊的地方。

路那利對前面那些都能理解，唯獨翡翠提的最後一個要求讓人百思不解。他不明白翡翠爲什麼會想找這樣一個地方，不過這不妨礙他爲對方達成願望。

「兔子，把妳路上摘的那些東西給我。」路那利朝思賓瑟伸出手。

「咦咦咦咦？一定要給你嗎？不能我自己留著嗎？兔子小姐難道連擁有自己的東西都沒辦法嗎？怎麼能那麼殘忍無情冷血？兔子我要哭給你看了！」

「幫妳再買一條新裙子。」

「好的沒問題，兔兔我不哭了，反正布偶也沒眼淚嘛。」思賓瑟從它的隨身小包包內掏出了一個小瓶子，裡頭盛裝著奶黃色的液體。

路那利將翡翠他們送出房間，由他單獨負責拷問梅露西和派克。

木板門一關上，誰也不知道路那利會使出何種手段。

不，思賓瑟還是知道的，畢竟路那利從它那裡拿走了一個小瓶子。

「那瓶子是裝什麼？」伊迪亞好奇地問。

「是大家都很熟悉、很有親切感的東西呀。這不重要、不重要。」思賓瑟跑到翡翠腿邊，拍拍對方的小腿肚，「重點是別的、別的。」

「重點不應該是你們怎麼那麼快到嗎？而且還順利找到這裡來。」翡翠揚揚肩梢。

他記得自己是決定好要前往瓦倫蒂亞黑市才將信息傳遞出去的，爲的就是聯絡繁星冒險團的兩名機動組員前來支援。

他以爲路那利他們可能會晚個幾天才有辦法趕來，可萬萬沒預測到，這一人一兔居然只比他們慢上半天。

這速度簡直快得不可思議！

「難道你們剛好就在附近？」

「不是啊，我們從塔爾趕過來的。然後那個長髮飄飄、衣服也飄飄的幽靈先看到我們，就替我們指路了啊。唉唉，兔兔我本來還打算明天去搶漂亮小裙裙的，結果就收到翡翠你們的消息了。然後啊……」思賓瑟清清喉嚨，捏細嗓子，模仿起自己搭檔的傲慢語氣，「找速度最快的頂級飛行魔物吧，錢不是問題，反正我有的是錢。」

翡翠又想仇富了，真希望哪天能換他這麼說。

「兔子我回答你了，換你回答我啦。龍蝦呢？大龍蝦呢？爲了這一天，你們看，兔兔我還特地準備了這個！」思賓瑟像變魔術地拿出一副刀叉，銀亮的餐具在燈光下閃閃發亮。

「紫羅蘭不在喔。」翡翠說，「很早就不在了。」

「不在了……」一個震驚的猜想躍上思賓瑟心頭，瞬間有如晴天霹靂，讓它的身子晃了晃，手上的刀叉再也握不住，砸在了地板上。

「難道說、難道說……」思賓瑟抓著自己的兔耳朵，悲憤欲絕地大喊，「大龍蝦已經被翡翠你吃掉了!?吃得一乾二淨，居然連渣渣都沒有留給兔兔小姐！兔兔我傷心欲絕到要死掉了！」

「不好意思喔，我海鮮過敏。」翡翠一臉冷漠，「就算我對他的肉體覬覦很久，也不會拿自己的生命開玩笑。倒是思賓瑟妳要是再不安靜……」

「斯利斐爾可以讓妳永遠安靜呢。」準備回到包包內看其他書的珍珠低頭看向思賓瑟，「很好吧，可以不用再醒過來了呢。」

思賓瑟飛快摀住自己的嘴巴，腦袋用力搖晃，表示自己絕對會當一隻乖兔兔。

「紫羅蘭沒被我吃，也沒被別人吃。」獲得安寧讓翡翠的耐心又增添了幾分，「他說要去找東西，半路上就先跟我們分開了。」

思賓瑟恍然大悟地點點頭，它猜那東西一定很重要、很重要，才會讓滿心想要報恩的紫羅蘭願意離開翡翠身邊。

三人加一兔沒有在走廊上等太久。

不到半晌，房間內就傳來鬼哭神號般的求饒聲，隨即轉爲驚懼的抽噎聲，最末，聲音漸漸小了下去……

又過了一會，房門從裡頭被打開。

路那利的視線只停留在翡翠身上，另外兩個男人只會讓他覺得傷眼。

「都問出來了。」路那利嫣然一笑。

翡翠探頭望進去，沒有預想中的血腥場面，只看到梅露西和派克癱軟在地，全然喪失了反抗之心。

梅露西的淚水溢了出來，將她的睫毛膏糊掉一層，暈散的液體淌落下來，像是兩條黑色的眼淚。

派克的嘴巴沒有被水膜封住了，然而他一臉慘白，看上去像遭受可怕的打擊，整個人不停哆嗦。

「這是……怎麼回事？」翡翠打量那對姊弟一圈，沒在他們身上看見明顯傷痕——腦袋部分不算，那是他先前砸出來的。

「我讓他們喝了一點濃縮菁華版的壞運果汁。」路那利晃晃內容物已空的小瓶子，「並讓那些果汁進入他們肚子內後，凍成了特殊冰塊。我想讓它們什麼時候融，就什麼時候融，只要我的冰一融，壞運自然而然就會被他們吸收。」

「濃縮菁華……那是幾顆壞運榨出來的？」伊迪亞望著那小瓶子的眼神裡帶有幾分敬畏。

「壞運」的大名幾乎全大陸皆知。

它的全稱是「會帶來壞運的果實」，是種連魔物都會退避三舍、不敢吃下肚的可怕存在。

只要一顆壞運，「好運」在一定期限內就會徹底遠離。

「這個兔兔小姐可以回答。」思賓瑟抬頭挺胸，當然音量也不敢拉太高，以免斯利斐爾的視線往它這瞥來，「是五顆喔。」

「五顆？哇喔。」翡翠忍不住吹了一聲口哨。

要知道，曾把暗夜冒險團抓起來的植物系魔物，當初就是因為被強灌了六顆濃縮的壞運果汁，只是一個跌跤……

就把自己的胸口捅了個對穿呢。

第6章

三天後，瓦倫蒂亞黑市的拍賣會如期舉行。

這幾天內，翡翠他們已經做足各種能想到的準備。剩下的，就全靠臨場應變了。

翡翠覺得自己該由衷地感謝銀酒杯酒館兩位老闆的犧牲奉獻。噢，還有由他們贊助的拍賣會邀請卡。

沒想到梅露西他們手上就有兩張卡片，翡翠當然是一張不留地都搶了。

梅露西他們一夥人對此皆是敢怒不敢言，只能咬牙把所有苦楚和怨恨都吞下肚。

誰讓梅露西和派克的肚子內有未融開的壞運冰塊，天曉得它們什麼時候會化開。這就好像是不定時炸彈埋在自己身體裡，無時無刻都過得提心吊膽，深怕水之魔女突然心情不好了，就送他們去見眞神。

高爾、鬣狗和斯諾克也好不到哪裡去，他們雖然沒有喝下壞運果汁，卻被伊迪亞強迫吞下不明毒菇，只要毒一天未解，他們同樣像揣著未爆彈在身上。

他們只好龜縮在銀酒杯酒館中，不敢擅離，也不敢找人通風報信，他們實在怕了水之魔女折騰人的手段。

拍賣會終於到來那日，他們甚至是歡天喜地地送走翡翠一行人。

這一天，瓦倫蒂亞黑市街道上看起來與尋常日子無異，但若仔細一觀，就會發現外來者變少了。

這些人大多是爲了拍賣會而來，如今活動開始，自然不會在街上多逗留，紛紛前往拍賣會的地點。

翡翠他們混在人群中，跟隨人群的腳步走向碉堡深處，一邊重新整理著從梅露西他們那獲得的資訊。

首先是冬狼冒險團。

梅露西的銀酒杯酒館臨近碉堡大門，黑市裡有什麼風吹草動，或是有新的外地人到來，她通常都能捕捉一二。

她不曉得冬狼冒險團，但前陣子有一群人的長相卻是符合冬狼成員的特徵，他們自報的身分是千鳥獵團。

翡翠在聽聞這消息時不由得咂了下舌，原來葛萊特那夥人竟是獎金獵人。

聽說千鳥獵團被帶去和榮光會的最高負責人，也就是卡莫拉家族的現任族長見面，之後情況如何，便無人多加關注。

其次是拍賣會。

雖說梅露西等人在黑市算小有地位，但和榮光會的中高階層人員一比，又遠遠比不上。因此他們對拍賣會的了解只有一些流於表面的資訊，更深入的就一無所知了。

不過這對翡翠來說，已經稱得上是有用的收穫。

如今他們知道了拍賣會整場活動的流程，也知道一張邀請卡可以再帶三人同行，參加活動的客人都必須戴著面具，坐在拍賣大廳內參與競標。

不管標到何種商品，都得要當天付清總金額，不允許拖欠。假使付不出拍賣金，會被視爲擾亂活動，將面臨榮光會的處置。

就算想趁機混入拍賣會，會場外也設有眾多魔法陣偵測，一旦發現沒有邀請卡、也非是邀請卡持有者的同行人，便會發動警報，引來榮光會的守衛。

最後是特殊的水池。

這部分完全可說是意外之喜了，翡翠在此之前其實是抱持著順口一問的心態，也不認爲眞的能問到什麼。

據梅露西所說，瓦倫蒂亞黑市裡有一座地位特殊的露天水池，被稱呼爲光榮之池。

它存在已久，甚至在黑市發展起來前就已存於岩山內。它的頂端有一道自然形成的裂口，能迎接大自然的一切饋贈。

光榮之池的池水格外清澈，池底的泥土裡因爲摻雜著某種礦物，呈現出淡淡的鉑金色，每當日光從洞口灑下，整座水池好似在閃閃發光，乍看下聖潔而不可侵犯。

也由於它的這份獨特性，才會被榮光會的人看上，從此便由他們把持，一般人不允許擅闖。

光榮之池的水只提供給榮光會高層或他們的重要客人飲用。

雖然瓦倫蒂亞黑市的人多少有些不滿——水池又沒刻著榮光會的名字，憑什麼就變成他們的了——但礙於榮光會勢力強盛，再加上光榮之池似乎除了好看也沒別的用處，誰也不想爲了毫無利益可爭的東西和榮光會起衝突。

久而久之，黑市的人都默認光榮之池是屬於榮光會所有。

而光榮之池的位置正巧就在拍賣會會所的正後方底下，想要靠近只有兩種方法。一是進入會所，裡頭據說有地下通道能直達水池；一是繞到沙漠外，再從岩山後邊入侵，經過艱辛的翻山越嶺，還要再潛入下方才能到達。

翡翠邊思考著這些資訊，很快地，便見到了雄偉壯觀的石造建築物矗立在前方，如同一頭巍峨盤踞在人們面前的灰色巨獸。窗戶猶如它的眼睛，一扇扇打開的門則是它的嘴巴，而灰衣守衛們則有若它武裝起來的利爪。

人潮聚集在大宅外面，他們戴著面具，有的蓋住半張臉，有的連臉都不肯露，把自己的面貌遮掩得嚴實，在榮光會人員的指引下亮出邀請卡，一一步入了會所。

拍賣會是在大廳舉行，兩側垂著鮮紅金邊的布幔，中央擺著一張張桌椅供與會人士入座。

廳裡佔地極廣，就算容納數百人也還是寬敞得很，絲毫不覺得擁擠。

放眼望去，除了參與拍賣會的賓客外，大廳中還有灰衣的守衛和黑白制服的侍者。守衛有如雕像駐守在自己的崗位上；眾多侍者除了不時穿梭在各桌之間，爲賓客的要求而忙碌之外，還要負責引導剛進來的客人找到自己的座位，順利入座。

一切都是井井有條地進行。

台上目前空無一人，活動一小時後才正式開始，商品屆時會陸續送過來。

翡翠他們有兩張邀請卡，直接分成兩組人馬，裝作彼此間不認識，一前一後地進入了會場。

如此一來，即使中途離席，也不至於過度引人注目。

翡翠和斯利斐爾、伊迪亞坐一起。路那利抱著思賓瑟在遠遠的另一桌，他只遮了上半張臉，精緻的蝴蝶面具反倒將他半露的容貌勾勒得更惑人。

他看起來就像是優雅的貴族小姐，雖然他懷中抱的粗糙玩偶不太符合他的身分。

翡翠慶幸路那利左右兩邊坐的都是女性，要是換成男人離他那麼近，恐怕拍賣會還沒開始，這裡就要先發生一齣慘劇了。

「縹碧。」翡翠嘴唇輕動，幾近無聲地吐出兩個字，他的身後瞬間出現一抹半透明人影。

眼蒙紅布的黑髮少年只有翡翠能看見。

縹碧傾身，聽見翡翠說了「去吧」。

縹碧微微一笑，紅布下的雙眼也閃過愉悅的光采。他轉過身，大搖大擺地穿越那些來往的侍者與賓客，暢通無阻地來到了大廳之外。

這是獨獨被賦予給他的任務，說明他在翡翠的心目中，果然是最爲優秀的那一個。大魔法師的遺產本來就是最完美的。

縹碧如貓輕巧地在交錯的走廊與樓梯口間遊走。不，他比貓還輕巧，他的雙足甚至沒有碰觸到地面。

縹碧的任務對其他人來說或許相當艱困，但對一名靈而言，那是再簡單不過了。

他要找到今天拍賣會商品存放的位置。

既然冬狼冒險團……現在確認是千鳥獵團了，確實找上榮光會，就表示蘿麗塔的指甲將在這場拍賣會上讓人競標。

暗夜族幼童的指甲能拍出天價，爲了證明物品的眞假，榮光會的人應當會將蘿麗塔帶上台，現場向賓客們展示。

只要找到商品安放的位置，想必也能找到蘿麗塔。

縹碧沒有像無頭蒼蠅在建築裡亂轉，他先尋找榮光會的人員。他留意過了，身上有佩帶徽章的灰衣人比普通守衛的地位還要再高一些，能對守衛們下達命令，看起來有點像是小組長或小隊長的職位。

那徽章上的圖案就和拍賣會所大門上的徽紋一模一樣，都是銀蛇銜咬著三片金葉，只不過他們的徽章上並沒有使用紅寶石來裝飾蛇眼。

如果徽章上的蛇眼是用寶石鑲上的話，那就說明了這人的身分更高一階。

或許是銀蛇和金葉的設計極爲華美細膩，縹碧的視線總會一而再、再而三地往那上面瞥去。

這大概是縹碧第一次對魔法以外的東西生起興趣，但他也沒忘記正事。在鎖定了幾位起碼是中層幹部階級的男人後，尾隨在他們身後，竊聽著他們的談話內容。

「上面交代過，這次有標紅點的魔物最好都要拍下來，要是沒達到數量，你們就看著辦吧。」

「大部分沒問題，但有幾隻可能有點難度……尤其是尤瑟芬妮。」

「那就想辦法，尤瑟芬妮是一定要拍下的，不管你們用什麼方式。」

地位明顯最高的那位冷著臉，他的下屬們則是面有難色。

「可是……尤瑟芬妮的主人申明他不要錢，他只接受用等價的武器素材來交換，他背後是布拉茨家族。」

布拉茨家族勢力不小，就算是榮光會也不能太過強硬。

縹碧繞到他們的正前方，雙手背後，悠哉地看著領頭的那人皺緊眉頭，像是陷入難題。

半晌後，那人鬆口，「這部分我會再跟上面報告，到時看怎麼決斷。你們先去魔物園做最後一次確認，那些牲畜再半小時後就要運送到會場了。」

「明白！」幾名部下齊齊應聲，快步走向用來囚禁魔物的地方。

縹碧任他們穿過自己，他的目光在留下的這人和另外一方遊移一會，決定跟往魔物園的方向。

如果蘿麗塔恢復原形，那麼金蝙蝠很可能會歸類在魔物類的商品中吧。

縹碧跟著榮光會的人來到一處偏僻的庭園，園外圍著高聳的欄杆，柵門深鎖，不讓人有辦法輕易闖入。

庭園本身就像一座巨大鐵籠，而這個籠子裡又置放著大大小小的獸籠，裡頭關著眾多獸形魔物，還有極少數的類人魔物。

爲了讓買家能見到處於健康狀態的魔物，拍賣會並沒有下藥讓牠們昏睡或是鬆軟無力，最多是在籠子裡刻了有安寧效果的魔法陣，讓牠們不會出現過激反應。

縹碧一個個仔細看去，卻沒發現金蝙蝠的身影。他吐出一口氣，看樣子他猜錯了，蘿麗塔並沒有在這邊。

就在這時，進來園裡檢查的一名男人詢問起同伴，「那邊要進去看看嗎？」

「別傻了，那不是我們能去的地方。」被問的那人瞄了眼，意興闌珊地轉回頭，「等拍賣會開始，就會有專人過去負責處理，你們可別靠太近。」

「聽說裡頭關了一隻稀世罕見的金蝙蝠，眞的還假的？」另一人壓低音量。

關鍵字釘住了縹碧本欲離去的腳步，他飛快地飄向那些人所指的方向，在那看見了一間石室。

他輕易穿牆而過，然而迎接他的卻是一間看似普通書房的房間。

縹碧滿心疑惑，他不覺得那些人會故意說些假情報，他們根本無從知曉他的存在。

既然如此，眼下的狀況又是怎麼回事？

縹碧在房裡繞了幾圈，驀然在一面書架上停住。他伸出手，靜心凝神地感受，果然在上面發現不起眼的魔力波動。

這裡有個蒙蔽人的法陣。

在縹碧看來，要破解不是很難。他以驚人的速度唸完咒語，指尖往陣法中心探入，靈活撥弄。

前一秒還是尋常書架的地方，下一秒散射出幾道光紋，隨後房內的擺設通通消失不見，只餘石牆上的一扇門。

看樣子，就是這裡了吧。

縹碧直接穿過石門，走下階梯，進入了一處密室，在日核礦的環繞下，一切景物無所遁形。

包括那隻被玻璃罩囚困在內的金色圓蝙蝠。

暗夜族傾盡全力也要找到的小公主，就在這裡。

✣✣✣

距離拍賣會正式開始，還有二十分鐘。

翡翠就是在這個時候，聽見了縹碧的聲音。

縹碧給出的訊息瑣碎，翡翠認真傾聽半天，終於理出兩個重點。他的眼睛瞬亮，馬上在桌下拍了斯利斐爾的大腿一記，換來冷冰冰的一眼。

「您可以用意識跟在下溝通，而不是對在下動手動腳。」

「都被我吃過了，就別在意那麼多嘛。」翡翠收回被不客氣拍開的手，「縹碧找到蘿麗塔的位置了，還傳了路線過來，不過有點長，我得默背一下。」

「您照著他說的複誦一次，由在下記會比您來得有效率，太多。」斯利斐爾說道。

「後面兩個字不用特別強調吧。」翡翠送斯利斐爾一枚白眼，接著站了起來。

伊迪亞一見翡翠有動作，心中頓時湧上激動，他用眼神詢問，換來對方點頭肯定。

伊迪亞壓抑住喜悅，不讓表情流露太多破綻。

聽見蘿麗塔是以金蝙蝠型態被囚禁起來，他微微皺眉，進入睡眠期的暗夜族在感覺環境不適時，就會變回原形。

顯然那個關著他們殿下的地方，讓她本能地感到了不安。

在翡翠的示意下，伊迪亞和斯利斐爾隨同他一塊離開大廳。

路那利一直觀察翡翠的一舉一動，見翡翠幾人離去，他立刻明白縹碧那邊肯定傳來了好消息。他又多待了幾分鐘，這才若無其事地離席。

或許是自信於會所內的防備固若金湯，走廊上的守衛並不多，他們主要集中在大廳內和建築物的最外圍。

不用翡翠特意尋找路那利的行蹤，一隻水蝴蝶就來到他的眼前，爲他們帶路。

繁星冒險團在一個無人的偏僻角落會合了。

「可以說話了嗎？兔子小姐可以開口了嗎？」思賓瑟躺在路那利的臂彎中，用氣聲說話，「我那麼珍貴，萬一被榮光會的人抓走，他們一定會想要解剖我、榨乾我，把我的棉花全部挖掉，把我的縫線拆個光光……天啊太可怕！太沒人性了！所以我能不能說話了！」

「妳沒有說話嗎？那妳現在在幹嘛？這叫不是說話的說話嗎？」珊瑚使勁從包包裡

探出了腦袋，雙眼不安分地打量周遭。

翡翠看見斯利斐爾面無表情地按壓著眉心，那通常是對方快要忍不住吵鬧，準備發飆的前兆。

「珊瑚回去。」翡翠伸指抵上珊瑚的額頭，還沒等他多勸幾句，趴在包包邊緣的小精靈就被迅速扯下去，快得連讓她呼叫的時間都沒有。

換瑪瑙爬出來，他甜甜地笑著，「翠翠不用擔心，我和珍珠會看好珊瑚的。」

說完後，他抱著翡翠的指尖蹭了蹭，便快速鑽回背包裡，還不忘把袋蓋完全蓋緊。

不用再擔心珊瑚冒失行動，翡翠把目光投給思賓瑟，發自肺腑地給了它一個建議。

「思賓瑟，妳現在只要負責好好呼吸就好。」

「縹碧找到了嗎？」路那利直切重點。

「嗯，還報了位置過來，就在魔獸園的一間石室內。如果要過去，我建議我們做個僞裝再過去。」翡翠提出自己想好的計畫。

執行方式也相當簡單粗暴，就是找幾個榮光會的人，打暈他們，然後扒下他們的制服換上，混入魔物園。就是路那利要先忍耐一點，爲此翡翠之後願意犧牲半小時，讓對方看自己的臉看個夠。

他們挑的目標都是衣上別有銀蛇銜葉胸章的，這些人的地位比守衛更高，似乎也是拍賣會主要的工作人員。

路那利的水蝴蝶飛在最前頭，負責偵測周遭是否有人，順利避開榮光會的成員後，一行人敏捷地抵達了魔物園。

那些要作為商品的魔物安靜地待在籠子裡，一雙雙眼睛注視著翡翠等人。要是換作平常，牠們早就因為他人的靠近而發出恫嚇吼聲，或是做出警戒的舉動。

但獸籠裡的安寧魔法陣讓牠們暫時失去野性，這也讓翡翠他們的行動更為順利，沒有打草驚蛇。

踏入石室內，翡翠幾人第一眼就看見牆上那扇門，門後是通往地底下的通道。

伊迪亞竭盡全力忍耐，告訴自己要保持冷靜，他們的公主殿下就在底下，正等著他們援救，這時候絕不能小不忍而亂大謀。

翡翠估算了下時間，再結合縹碧先前告訴他的情報，得知過不久就會有人過來把外面的魔物都運送走。

那些人不敢擅自進來這裡，也就是說他們得把握這最好的時機，否則等到另一批人過來，就會來不及了。

「裡面會不會有埋伏？會不會有落石、箭雨、突然裂開的大洞？」思賓瑟一扭身子，從路那利手上跳下來，兔視眈眈地緊盯著門內的石階，「說不定還會噴灑毒氣，讓大家通通死在裡面！不要啊，兔兔小姐不想看到大家死得那麼慘！對了，在死之前可以先讓我咒殺一次嗎？拜託？」

「不行，不可以，免談。」翡翠一連給了三個拒絕，他一馬當先地走進通道，在走了十來階的階梯後，看到縹碧的身影。

黑髮少年背對著出入口的方向，似乎沒發現到身後有人到來，維持著不動的姿勢。

「縹碧。」翡翠出聲。

「你們來了。」縹碧驟然轉過身，雪白的面孔平靜。

「你在看什麼嗎？」翡翠敏銳察覺到縹碧方才陷入了出神狀態，他越過縹碧一看，只見壁面上繪製著榮光會專屬的銀蛇銜葉圖騰，四周還包圍了多道乍看下雜亂無章的紋路。

「沒什麼，只是覺得這圖案品味不錯，勉強能觸及到大魔法師的一根手指吧。」縹碧說道：「我的主人……噢，不是你，是指創造我的那一個。根據記憶，他以前也會設計代表魔法招式的徽紋來打發時間，用他的話來說，這樣才能留給後世帥氣的印象。」

伊迪亞沒有分心聆聽翡翠和縹碧間的對談，踏進密室的剎那間，他的所有心神就被玻璃罩裡的金蝙蝠吸引了。

蘿麗塔像顆圓滾滾的金球，安靜地躺在玻璃罩裡。從她的狀況來看，明顯是尚未脫離睡眠期。

「殿下！」伊迪亞大步上前，伸手就想把玻璃罩掀開。

「我是你的話，就不會那麼衝動。」縹碧冷不防轉頭對伊迪亞說。

「什麼意思？」伊迪亞的手及時在空中停住。

「她睡著了嗎？」思賓瑟圍著玻璃罩跳來跳去，想看得更清楚一點，「她怎麼沒反應？兔兔我可以現在放聲尖叫叫醒她喔，但可能也會把敵人叫來就是了。」

「那妳還是閉嘴吧。」路那利揪住思賓瑟的兔耳朵，把它從地面提起，「聽小蝴蝶的話，妳只要負責呼吸就好。」

「縹碧，這上面有什麼嗎？」翡翠打量著那個看起來毫無異狀的玻璃罩。

「雙重追蹤法術，玻璃罩上有，裡面的公主殿下身上也有。假如想要完全剝離，需要時間。」縹碧說，「不短的時間。而對方追蹤法術啓動需要的時間，比這短一點。」

伊迪亞面色難看，他們眼下最缺的就是時間。動作不快一點，待會便會有人進來這間密室；但不移除追蹤術，等於是向敵人自曝行蹤。

「您打算怎麼做？」斯利斐爾把問題扔給翡翠。

翡翠身為繁星冒險團的團長，所有人都在等他的定奪，包括伊迪亞也是不自覺地以他的意見爲優先。

翡翠無意識地摩挲拇指指尖，思緒高速運轉起來。

肯定是沒時間等縹碧把追蹤術解除了。

玻璃罩和蘿麗塔身上都被刻下追蹤印記，就算扔了玻璃罩，還是能追查到蘿麗塔的移動方向。

既然都要被敵人追著不放了，那麼何不乾脆分散敵方的人力？

兵分兩路，同時爭取更多時間！

一隻剔透的水蝴蝶忽地自上飛入，停佇在路那利的手上，那是他進來石室前留在園內作爲監視的。

「外面在搬運魔物了。」路那利眉頭一蹙，說出水蝴蝶傳來的訊息。

翡翠看了一眼自己的隊友們，果決提出分配。

「伊迪亞和路那利、思賓瑟帶著蘿麗塔，另一個追蹤術就放在我們這邊。目標只有一個，想辦法逃出瓦倫蒂亞黑市，只要逃到外面，如何會合都不是大問題。至於縹碧，拍賣會太平淡會很無聊的，你替他們製造一些刺激吧。活動就是要越熱鬧越好，把那些魔物放出來，能放多少隻就放多少隻。」

「可以。」縹碧點點頭，「完成後我另有事情要做，之後再跟你聯繫。你把最頂端的那片玻璃帶走就行，追蹤術就刻在上面。」

任務分配完畢，翡翠沒有一絲猶豫地伸出手，俐落揭了玻璃罩。

但有些事卻是翡翠他們始料未及的。

隨著玻璃罩脫離底座，驚天動地的警報聲竟響徹密室內外。

當第一聲尖銳的聲響進入眾人耳中，縹碧面露愕然。

「不可能！我明明確認過沒有其他魔法！」

「不是魔法。」斯利斐爾同樣能精準捕捉到魔力流動，「是觸動機關了。」

「不管是哪個，馬上離開這裡！」翡翠臉色瞬變，一把將玻璃罩用力敲破，撿起頂端碎片揣入口袋，一手抄起昏睡中的蘿麗塔塞進伊迪亞懷中。

但他們的動作終究還是慢上一步。

措手不及間，一道厚重的金屬門從入口處猛然降下，轉眼封住對外的道路，斷絕逃出去的可能性。

翡翠他們頓時成了籠中鳥，就算插翅也難飛。

第7章

瓦倫蒂亞一年一度的拍賣會正式揭開序幕。

台上的主持人先說了一段歡迎致辭，也不多吊人胃口，立刻高聲道出第一批要上台讓人競標的商品。

隨著那一個個商品名稱從主持人的口中吐出，台下的氣氛也越漸高昂。

戴著半張面具的柯薩諾．卡莫拉就坐在大廳一角，他一人獨佔一張桌子，身後站著多名白衣守衛。

沒有了深灰制服這顯目的特徵，誰也不會意識到那幾人同樣是榮光會的成員，更別說是察覺到榮光會的最高掌權者就是那桌獨自坐著的男人。

柯薩諾握著一根手杖，身披鴉黑色的大氅，細密複雜的繡紋分布在他的衣襬和袖口位置，雙排釦一路扣到最頂端，戴著家徽戒指的食指正慢慢地摩挲著手杖頂端鑲嵌的紫色寶石。

紫寶石雖然耀眼，但光華仍舊略遜柯薩諾手上的戒指一籌。

這枚戒指，既是卡莫拉一族族長的證明，亦是榮光會掌權人的象徵。

代表多疑也富含智慧的銀蛇以碎鑽拼成，蛇眼部分是切割過的紅寶石，銀蛇的嘴裡銜著三片由黃金打造的葉子。

當柯薩諾手指挪動，戒指上的銀蛇便跟著閃耀輝芒，好似下一瞬會活靈活現地動了起來。

柯薩諾朝身後一人抬了抬手，那名下屬立刻吩咐最近的侍者，要對方送上一杯酒。

第一批魔物已被運至後台，首先上場的就是柯薩諾還算感興趣的八腳貓鼬。

由名字可知，牠擁有八隻腳，但體型卻和牠名字中的另外兩字格外不符，牠體型接近健壯小象，毛色呈黃褐交雜，看似滑順的皮毛實際上卻堅硬得很，普通刀劍難以對牠造成太大傷害。

柯薩諾愉快地看著這隻八腳貓鼬被自己這方成功拍下，他端起侍者送上的酒，剛要送至唇邊，一名下屬忽地上前，急切地低聲附在他耳邊報告。

——關著暗夜族公主的密室有宵小闖入，觸動了警報。

柯薩諾嘴角弧度瞬間拉直，好心情完全消失殆盡，握住酒杯的手指更猛然收緊，青筋在手背上迸現。

「派人圍住那裡，把那些膽大包天的老鼠都給我抓出來。」柯薩諾語氣平靜，可眼中覆上陰冷之色，「一個都不能放過，也絕對不許讓他們有機會把看到的東西說出去。還有，確保我重要的收藏品萬無一失。」

即使身處遠在東北的瓦倫蒂亞沙漠，柯薩諾也聽說了暗夜族正在全力追尋他們公主的下落。

倘若讓暗夜族得知他們的公主是落於自己手上，他們將會傾巢而出，用盡一切力量對榮光會展開報復。

更甚者，冒險公會和加雅城主也會趁機加入討伐，將他們榮光會的勢力一口氣拔除。

柯薩諾不會允許這種事發生。

他是瓦倫蒂亞黑市的王。

不管是過去、現在、未來，這點都不會改變。

✣✣✣

突然放下的金屬門斷了翡翠等人的退路。

與此同時，越來越多腳步聲從外面靠近，不用多久就能將這地方包圍得滴水不漏。

縹碧的身影早已消失無蹤，他負責製造更大的騷亂，分散榮光會的注意力。

即便隔著一層金屬門，翡翠還是能聽見密室外的聲音。

「大人交代過了，絕不能讓他們逃走！」

「第一小隊、第二小隊排好陣型！」

「金蝙蝠一定要確保！」

可緊接著，外面忽地傳來騷動，有人發出驚慌的大叫，中間摻雜著獸類的吼聲或鳴叫聲。

「報告！東區的獸籠突然一個個自動打開！冥火鳥、眩獅、毒妖樹蘿、泥沼鱷……已經逃出來了！」

「還不快點把牠們關回去！」

「牠們在攻擊我方人員……啊啊啊！報告！需要、需要請求支援！」

「西區的籠子也被打開了！」

「壓制牠們！不能讓牠們跑出這裡！」

「報、報告！西區的魔物朝……朝我們這邊來了！」

眾多吵雜聲交織成混亂的樂章。

就算看不到，翡翠也聽得出來外頭差不多亂成了一鍋粥。感謝縹碧的高效率，成功將園內還沒被運去會場的魔物一一釋放出來。

但不只外面起了騷亂，此刻密室裡也有一隻兔子玩偶陷入歇斯底里狀態，它揪住自己的兩隻耳朵，腳板瘋狂地踩踏地面。

「怎麼辦？怎麼辦？被關起來了！絕望了，眞的要徹底絕望了啊！外面一定有無數強大的戰士和魔法師，他們會拿著武器，會準備好施放魔法，會因爲兔兔我的可愛而將所有火力集中在我身上！天啊，楚楚可憐的兔子小姐就要在這裡像花朵枯萎了嗎？」

「斯利斐爾看起來想要現在立刻就讓妳枯萎呢，思賓瑟。」翡翠好心地給了提醒，目光在金屬門逗留一會，果斷移走。

打破金屬門衝出去太不實際了，就算有縹碧幫忙分散追兵，他們眼下的處境仍是非常不妙。

用一句話來形容，大概就是甕中捉鱉。

喔，他們就是那個鱉。

「爲什麼這裡偏偏沒有其他出口？窗戶也行。」伊迪亞將昏睡的蘿麗塔小心翼翼放進自己的背包裡，不死心地仰頭察看頭頂的岩層，「不然我就能變成蝙蝠，想辦法將他們全部引開。沒錯，要是把我自己染成金色，絕對能讓他們轉移目標。」

「首先我們沒有顏料，其次……」翡翠本來想說這裡就是沒有第二個出入口，但句子在舌尖上打滾一圈後，變成了截然不同的內容，「也許我們可以試試，沒錯，試著弄出另一個出口。」

眾人的目光跟著翡翠一同落到正對著金屬門的牆壁上。

「你是想……打破這面牆？」伊迪亞恍然大悟。

「對，後面可能有逃脫的空間，也可能是徹底的死路。」翡翠若有所思地伸手摸上石壁，屈指敲了敲，「這個有比那扇門硬嗎？風之刃轟得破嗎？」

「這裡空間太過狹小，在下不建議您使用風之刃。」斯利斐爾平靜地潑了冷水。路那利遺憾地搖搖頭，他的水也不適合用來破壞這面牆。

「我來，你們退到我後面。」伊迪亞拔出了長劍，雙手緊握劍柄，隨著他的精神與力量凝聚，淡金色的劍氣纏繞在銀白劍刃上，有如輝煌的焰火映亮了他堅毅的神情。

下一秒，長劍劈出驚人的威勢。

旁人看過去或許會以為只有一劍，但在快得令人來不及眨眼的時間內，其實已有多道猛烈凶暴的斬擊落在石牆上。

堅硬的牆壁應聲坍裂，大小碎石砸在地板上，一個半人高的洞口被製造出來。牆後果然還有空間，甚至不僅是一個空間那麼簡單。

誰也沒想到，石牆破開一個大洞後，裡面竟然藏著另一條通道！

「我來，讓最優秀的兔兔來！」思賓瑟一兔當先，靈活跳過地上的石塊，爬到牆後通道內，緊接著就聽見它震驚地高喊，「好長——快進來啊！」

密室裡的響動似乎也傳到外面去了，可以聽到金屬門外的動靜跟著越來越大，隨後就見金屬門重新緩緩上升，門縫下慢慢見到多雙的腳。

榮光會的人要直接攻進來了！

「我們走！」既然有思賓瑟確認過安全無虞，翡翠帶著同伴迅速鑽進洞內。

路那利殿後，他回頭聚集水氣，化爲水流，淡藍色的水就像一隻柔軟的大掌，將地上的石塊撈起，匆忙間堆成一道簡易障礙，用來拖慢敵方前進的速度。

翡翠幾人一踏進那條地道，立刻卸除失去作用的僞裝，隨後他們也明白了思賓瑟喊的「好長」是什麼意思。

通道長度簡直超乎想像，朝著不同方向伸展，就連往下的樓梯也有。

通道兩側的牆內埋著發光的石頭，不是日核礦，而是另一種散發螢綠光芒的礦石。它們光源微弱，導致每一段通道的後半部都像籠在黑暗中，讓人難以看清盡頭。

「哇賽……」翡翠被這一幕驚得忍不住張大嘴。

進入魔物園的時候，翡翠已有先大致估算過，密室後方該還有一些空間，更之後則是緊貼著岩山。

換句話說，這些長得驚人的通道是貫穿了那座巨大的岩山嗎？

驚訝歸驚訝，翡翠沒忘記他們身後還有追兵。他往四周張望，想到了暫時被他壓著沒動的世界任務，與眞神的洗澡水有關的那個。

銀酒杯酒館的人說過，瓦倫蒂亞黑市有座光榮之池，就位在拍賣會館正後方底下。一直以來，世界意志發布的任務和他當下正在做的委託都會有著奇妙的聯結。

況且會所內外現在應該都被榮光會的人包圍了，往外走很可能直接撞上對方勢力，既然如此，那就選擇往下走。

「他們快來了！」思賓瑟的兔耳朵豎得筆直，「要把大家砍頭砍腳砍手砍腰砍骨頭的壞人要進來了！」

翡翠同樣也敏銳地聽到人聲混著石塊被搬動的聲音，守衛們即將進入地道。他說出他的打算，換來眾人的同意。

大夥拔腿就往朝下延伸的石梯跑去。

急促的奔跑聲在地道裡迴響，每一下彷彿都要重重撞擊人的心臟，讓人不由自主地繃緊神經。

然而當翡翠幾人跑到樓梯底端時，前方赫然又分岔出多條通道。他們宛如踏進了一個巨大的地下迷宮，錯縱複雜的路徑往四方延伸，貫穿了岩山內部。

大片陰影和微光在凹凸不平的岩石上交錯掩映，形成壓迫的氛圍，任何一丁點聲響在這個大得不可思議的空間都會被放大。

「這是把整座山都挖了嗎……」翡翠愕然地說，「榮光會到底想在這裡做什麼？」

「無論他們要做什麼，您都得再做出決斷。」斯利斐爾冷靜提醒，「往哪邊？還有，這裡藏著什麼？」

當斯利斐爾的最後一個音節落下，所有人都能聽見底下隱約傳出了相對於人類來說，明顯悶重低沉的多道喘息聲，彷彿闃暗中躲藏著不明怪物。

「我就知道，每次扯到世界任務的時候，事情都會變得麻煩得要死。」翡翠在腦海中向斯利斐爾抱怨，手指無意識地摸著包包。即使知道包內的小精靈們不會感受到他的碰觸，但這樣做好像能無形帶給他一些安慰。

路那利看了看那幾條不知通向何方的地道，再回頭看了他們來時的方向。

「人數稍微減少一咪咪啦。」思賓瑟豎直它的兔耳朵，空曠的岩山內更容易聽清聲音，「壞人分不同方向追去了，但還是有一批朝我們這裡來，大概二十幾人。信我，兔兔我可是敢用桑回的金羊毛和春麥的畫筆發誓，猜錯了就是他們的問題！」

思賓瑟毫不心虛地把責任推到華格那分部的負責人們身上，反正他們也不在現場。

「二十幾個……那我們分一分，應該能應付得過來。」伊迪亞握緊劍柄。

「不用分了，我和兔子留下處理吧。」路那利撈起思賓瑟，往他們來時的方向踏出幾步。

「咦？兔子也要嗎？好吧好吧，誰教我是你的搭檔呢？都是熱愛小裙子的好夥伴，當然得互相幫忙了！」思賓瑟大聲說。

「路那利？」翡翠流露驚訝，「這裡通道很多條，我們可以繼續先跑，不用這時候就……」

「你們現在可是帶著雙重追蹤術在跑，既然不知道術法何時會啓動，那就賭一下吧，由我們先替你清掃一波，拖個時間。何況裡面還有魔物之類的存在吧，到時兩邊夾擊，只會增加壓力。而且，就算隊伍裡有小蝴蝶你在，但長時間和骯髒的東西共處，我也覺得差不多極限了。」

「骯……骯髒的東西，是指……」伊迪亞摸著自己英俊的臉，滿臉不敢置信。

相較於伊迪亞的不冷靜，斯利斐爾選擇充耳不聞。

路那利輕蔑地掃了伊迪亞一眼，那眼神就是赤裸裸地表明著何必明知故問。

在他看來，所有男人都是髒東西。自從進入拍賣會場後，放眼所及幾乎都是令他產生生理性和心理性厭惡的存在。

和他們共處同一空間，呼吸同樣的空氣，他只覺得自己的肺部被污染了。他已經受夠了，也得要發洩紓壓一下。

確認路那利心意已決，翡翠也不和對方婆媽，他點點頭，只留了一句話。

「我還需要你，別死了。」

對路那利而言，那無疑是最高的讚美之詞。所有閃耀的珠寶堆疊起來，都沒有那句話更加閃亮動人。

路那利在翡翠轉身的剎那間，猝不及防地拉住對方的手，他彎下身，嘴唇輕觸對方手背一下。

「你的肯定是我的榮幸。」路那利的笑容妖艷如毒花絢爛，飛快將高級傳音蟲塞進翡翠的手心，「希望晚點再見面的時候，只剩下你一個人安然無事就好了呢。」

「哇哇哇。」思賓瑟的小短手摀著嘴，「好惡毒啊搭檔，不愧是我搭檔。」

翡翠露出一個尷尬又不失禮貌的微笑。這話題他接不下去，謝謝。

待翡翠他們消失在通道內，路那利選擇站在另一條通道的出入口前。

思賓瑟恍然大悟，「我知道了，這是要混淆敵人對吧！偉大的兔兔公主可是聰明得很，這樣一來，敵人一定以爲翡翠他們從這條逃走了，就算想分頭找，也會把最多人力留下對付我們！糟了、糟了、糟糕了啊，那樣子兔兔小姐不就是要被超多的壞人圍攻了？他們一定會把我的棉花扯出來，把我雪白的毛毛撕爛，可惡可惡可惡惡惡！所以沒辦法了！」

路那利自動讓那些廢話左耳進右耳出，這裡的水氣比較少，他動動手指，凝出一排尖細的冰針。接著他拉高裙子，大腿內側藏著多把武器。

他將那些看似棍棒的物品一一接連起來，再俐落一甩，一柄泛著鋒冽寒光的長槍登時成形。

就算這地方的水氣不夠讓路那利盡情運用，但剝離了「水之魔女」的這個身分外，他還是神厄的前任成員。

而神厄，向來是羅謝教團最鋒利危險的刀刃，每一把都危險異常。

思賓瑟跟著扭扭脖子，踢踢小短腿，「嘿」的一聲，跳到了路那利的肩膀上。它從小包包拿出了小鐵鎚和釘子，聽著那越來越近的大批腳步聲，嘴巴咧出大大的笑容，紅眼睛在微光下閃爍著詭異的幽光。

「真的是沒辦法了，兔兔小姐快樂的咒殺時間只好又來囉！」

✣✣✣

事情逐漸有些不受控制。

待在拍賣會大廳內的柯薩諾開始這麼覺得。

他表面上還是一慣沉穩，但擱在大腿上的手指無意間加快了敲點的速度，這說明了他的內心終於是起了一陣波瀾。

台上的拍賣仍舊繼續，在消息封鎖的情形下，大廳裡的人對外邊的騷亂一無所知。

活動進入了一個小高潮，推上來的商品是稀有的魔導具，上頭據說附有大魔法師伊利葉的魔法加護。

凡是接觸魔法的人，對此都會忍不住心動萬分。

當主持人宣布競標底價後，喊價聲立即接連響起，數字越加越高，不到片刻就來到了驚人的數字。

那些聲音在柯薩諾耳邊來來去去，像首毫無美感的樂曲。他微皺眉頭，低頭看向桌上的小圓盤。

乍看下，像是構造精細複雜的指南針，只不過此刻盤片上的指針正在瘋狂紊亂地轉動，遲遲不肯停歇。

那是柯薩諾底下的人研發出的追蹤羅盤。

只要有了這個，不須當初設下陣法的魔法師在場，他人也可以以此定位目標所在的位置。

只不過追蹤羅盤也有個小缺點，那就是剛開始啓用時，必須花上一點時間才能定位到目標身上的追蹤術，無法立時派上用場。

台上的魔導具順利被一名女性拍下。

緊接著登場的又是一隻魔物，這回是半人形魔物尤瑟芬妮。牠的上半身如同水藍色的凝膠形成，擁有女性般的胴體曲線，下半身卻是三條滑膩粗大的觸手，觸手上散布著密密麻麻的吸盤。

假如沒有發生那件事，柯薩諾相信自己會怡然地坐在台下，等著自己的人把他看中的尤瑟芬妮順利帶回。

布拉茨家族的要求不小，但這對他而言並不是太難解決的問題，他總是有辦法讓對方屈服的。

但這一切的前提都是——那件事沒有發生。

那些卑劣、低賤的小老鼠居然敢闖進他的密室！

柯薩諾彈了下舌尖，再也忍受不了，他忽地起身，不管追蹤羅盤還沒有完成對術法的捕捉，他邁著大步就往廳外走去。他可不希望在等待的過程中，讓那些該死的小老鼠帶著他重要的寶物逃了。

「大人！」見柯薩諾欲離開現場，他身旁的下屬連忙圍上勸阻，希望改變他的主意，這個舉動無疑太過冒險。

柯薩諾．卡莫拉身分尊貴，不能出一絲差錯。

柯薩諾正要冷冷瞥視一眼，說時遲、那時快，一場變故在大廳內發生了。

台上關在籠內的尤瑟芬妮忽然暴躁地用觸手拍打面前的籠門。

主持人嚇了一跳，往旁邊挪了一大步。他正要拍拍胸口，安撫台下賓客這不過是個小插曲，或許是魔物敏感，對環境轉移產生了不安，才會驀地暴起……

可他的話卻卡在嘴邊，再也無法順利吐出。

尤瑟芬妮的那一拍，竟是眞的將籠門打開了。牠一獲得自由，馬上朝離牠最近的主持人撲上，觸手將人捲住，張嘴就啃上他的臉。

這一幕來得太過突然，一時誰也沒有反應過來。

大廳內陷入針落可聞的安靜，眾人都能清晰地聽見魔物啃噬人肉的聲音。

侍者被這景象震懾得端不住手上圓盤，不自覺地打翻，酒杯跟著在地面上砸出清冽聲響，酒水更是灑了滿地。

這一聲就像解除了人們身上的靜止狀態。

「啊啊啊啊啊——」驚恐的尖叫最先由膽子小的女性發出。

也有人反應快，馬上喊著其他人一塊拿起暗中帶進來的武器衝上。尤瑟芬妮雖然棘手，但在眾人聯手之下也不足為懼。

然而事情卻遠遠超出預料。

原本誰都以為台上的尤瑟芬妮跑出只是個意外，可當更多魔物闖入大廳，肆無忌憚地攻擊在場群眾，他們就知道不是了。

所有被囚禁在籠內的魔物全都被放出來，卻沒人知道究竟是誰做的。

會被帶來拍賣會當成商品的魔物，本身不是極其稀有，就是破壞力強大，或智商極高。當牠們將場內賓客皆視作獵物，引發的後果可謂是一場災難。

榮光會留守在廳裡的守衛一擁而上，試圖控制場面。但饒是部分身為獎金獵人的買家一同加入作戰，在這些盛怒魔物的圍擊中也佔不了太大優勢。

「攔住牠們！」

「第一組人馬負責衝鋒，第二組掩護！」

「第三組保護賓客安危！」

「不行……擋不住了！小心！」

「啊啊啊！快阻止！啊啊啊啊——」

慘叫、怒吼和號叫，伴隨著飛濺的鮮血此起彼落。

有些人發現自己抵擋不了那些魔物，乾脆扭頭朝出入口的方向狂奔。

大廳就只有兩扇門，一扇被迅速封鎖，盡量減少魔物外竄的可能，僅剩的一扇在眾人眼中宛如救命浮木。

誰都想早一步逃離這個地方，但出口只有一個，你推我擠，誰也不相讓，反倒卡在了門前，遲遲無法順利前進。這造成了更大的抱怨和不滿，也有人直接大打出手。

聚集在一起的人群吸引了其中幾隻魔物的注意力，牠們亮出獠牙，嘶吼一聲，像疾速的閃電竄了過去。

血肉橫飛中，慘叫聲再次四起。

大廳中一片混亂。

有人卻是一派淡然地從台上走下。

用「人」來形容也不正確，畢竟沒有哪一個人的身軀會是半透明的，可以輕易看穿後方景物。

眼上蒙著紅布的黑髮少年慢悠悠地邁出步子，他的從容與身邊陷入驚慌的人們成了極大的對比。

他將那些慘叫當成配樂，步態優雅得像是來參加一場晚宴，而不是身處血腥與恐懼匯集的現場。

急於逃離現場的人們就像是驚慌失措的羊群，卻有道身影彷如一塊礁石佇立不動。柯薩諾臉色鐵青，一動也不動地看著這令人難以置信的畫面。

爲了拍賣會上的安全，他們的預防措施應當是做得滴水不漏。籠內的安寧魔法可以壓抑魔物平常的野性，即使籠門被打開，也不會主動踏出外面一步，牠們應該就像家養的寵物一樣乖乖聽話。

可正在眼前上演的這些畫面，無一不是打了榮光會重重的耳光。別說失了面子，他們的信用也將被狠狠重創。

誰會願意相信在活動中出現重大紕漏，甚至造成多數傷亡的拍賣會主辦？

「卡莫拉大人，請您趕緊移步到安全的地方！」下屬在旁邊拚命勸說，「卡莫拉大人！」

「讓人把實驗體放出來，包括一號和二號。」柯薩諾咬了咬牙，捏緊手杖。除了那群可惡的陰溝老鼠在搞鬼，他想不出其他的可能。

已經演變成眼下的局面了，單憑榮光會的人恐怕無法解決。既然如此，那就讓那些老鼠無處可逃。

「但一號和二號可能還有些不穩定……」一人語帶遲疑。

柯薩諾用一記冷厲的眼神讓自己的部下吞下剩餘的句子。

「吩咐下去。」柯薩諾斂起所有外露的情緒，快速地發布指令，「發現老鼠闖進地下區域後，就把三分之二的人手撤走，嚴守在地面，三分之一繼續追擊。一旦確定目標進入實驗體活動範圍，剩下的人負責把他們退離的路線封住。」

「是！」馬上有人領命。

在重重保護下，柯薩諾往安全處移動。

大廳的另一端，縹碧隔著蒙眼的紅布條，好整以暇地看著自己一手製造的慘況。

打開獸籠的籠門不是難事，頂多在破壞籠內的魔法陣時稍微下了點工夫。但這點工夫，若是以一般魔法師的眼光來看，無疑稱得上是神速了。

縹碧打算等欣賞夠了就抽身離去，直到他瞥見柯薩諾的存在。

被手下小心簇擁在中心的那名紅髮男人肩披鴉黑色大氅，手持一根光滑黝黑的手杖，襯得他食指上的戒指特別引人注目。

縹碧向來對和魔法無關的人事物都生不起興趣，卻在瓦倫蒂亞黑市裡屢次打破了這個習慣。

從先前在拍賣會大宅外部見到的徽紋和那些似乎無意義的牆上線條開始，然後是榮光會成員佩帶的胸章。

現在則是那枚戒指上的圖騰。

銀白如星的長蛇盤曲著身軀，紅瞳赤亮，嘴裡叼咬著三片金燦的葉子。

明明只是看似普通的銀蛇銜葉，卻讓他霎時忘了外界所有動靜，他就像尊被抽走行動力的人偶站在原地。

他眼眨也不眨，至今曾見過的銀蛇銜葉圖案一幀幀地在他眼內快速疊合，它們閃動得極快，最末在他的意識中炸開大片白光。

核心出現異常震幅，又有新的一份資料被啓動了。

縹碧的核心宛如是一座由書本和箱子組成的巨大宮殿，書籍裡淨是伊利葉輸入的海量魔法知識及有關他自身的生平，箱子則是被無形的封條牢牢封印住。

縹碧甦醒至今，那些箱子尚未開啓過。

但就在這一天，一個箱子猝然揭開了一條縫，一本書飛了出來，然後打開。屬於他的創造者的聲音飄出，對他下達指令。

伊利葉說：「跟著蛇走，去找出來，屬於我的東西。繼承它，成爲它。」

清冷的聲音似乎還停留在耳畔，縹碧從出神狀態中抽離，若有所思地盯住柯薩諾。

雖然不知道原因，但榮光會的銀蛇銜葉圖騰顯然和伊利葉有關，怪不得他會無意識地被那圖騰吸引注意力。

而那名紅髮男人手上的戒指更是關鍵。

直到看見了它，才算眞正觸發到伊利葉留下的訊息。

跟著蛇走，也就是說……跟著那個戴戒指的男人走吧。

啊啊，眞有趣。縹碧露出了興致盎然的微笑，他不假思索地尾隨在柯薩諾一行人的身後。

第8章

與路那利他們分別後，翡翠等人持續深入地下通道。

他們一路跑得飛快，幽深的通道內迴響著他們的奔跑聲，影子被微光凌亂地映照在壁面上。

誰也不想浪費路那利和思賓瑟為他們爭取到的時間——雖然路那利的努力只是為了翡翠，他更希望另外兩個人直接死掉算了。

通道內的空氣有著穩定的流通性，不至於讓人感覺呼吸困難或窒礙。

和其他地方一樣，這裡的石壁也埋著散發螢光的礦石，毋須特意照明就能順暢前進。

種種跡象都顯示著通道平時就有人使用，而不是遭到荒置的廢棄地帶。

地下通道不時出現岔路，或是牆側冒出不知有何作用的矮小洞口，而翡翠他們很快就知道，那些洞口是做什麼用的。

才剛聽見霍然加劇的獸類沉重喘息，下一剎那便驚見數道黑影疾速竄出洞內。牠們亮出森白利齒，喉頭滾動著危險的低吼，毫不猶豫就朝著翡翠幾人撲上。

牠們的模樣肖似鬣狗，頭顱上卻分布多隻眼睛，這說明了牠們並非普通野獸，而是更危險的魔物。

「這是什麼？」翡翠詫異地問。

「是泥沼斑鬣！」伊迪亞倉促間靠著幾樣特徵判斷出魔物的身分。

泥沼斑鬣耳朵呈圓形，背上有一排短鬃毛，頭上的眼睛除了三隻眼是真實的，其他都是偽裝用的花紋。

牠們的體型在魔物中算中等，沒有魔法屬性，狩獵全憑牠們的尖牙和利爪。牠們的咬合力相當大，可以輕易咬碎大型動物的骨頭，人類對牠們而言更是小菜一碟。

但牠們通常生活在泥沼地帶……伊迪亞沒將這個疑惑說出來，他緊握劍柄，長劍朝撲來的魔物劈出鋒銳凶猛的斬擊。

翡翠的雙生杖也轉化成雙刀型態，兩抹碧色快若閃電，幾乎令人捕捉不到軌跡，恍惚間，好似流螢在幽微的地道中舞動。

泥沼斑鬣不算太強的魔物，卻有些難纏，牠們行動刁鑽迅敏，只要稍慢上一點，就可能被牠們的攻擊得逞。

在長劍和雙刀的聯攻下，通道內最後只留下一地殘破的魔物屍體。

「百科全書這次怎麼沒有說話？」翡翠在腦中問著斯利斐爾，「平常你不都是負責說明的那個嗎？還是又缺頁了？」

翡翠沒聽見斯利斐爾的回應，這很罕見，讓他不由得疑惑地看了對方一眼，卻發現對方正用一種無溫嚴酷的眼神，審視著地上的魔物屍體。

那隻泥沼斑鬣有什麼不對嗎？

回去觀察的想法只在翡翠心頭轉過一瞬便自動消弭。現在情勢緊迫，壓根不容許他們耗費太多時間。

泥沼斑鬣不只出現那麼一次，沿途仍有不少頭猝不及防地衝出，與翡翠幾人纏鬥。

這些魔物接二連三地現身，消磨掉翡翠他們的體力。

同時他們也敏銳地發現到，泥沼斑鬣的表皮好似越來越堅實。如果說先前還能體察到武器劃破牠們皮肉的感覺，那麼越往後，牠們就像是披上了一層鎧甲，逐漸增加斬殺的難度。

一路下來，除了斯利斐爾外，翡翠和伊迪亞身上都噴濺到不少魔物的血液，在衣上或皮膚上留下暗紅污漬。

泥沼斑鬣沒有對他們造成太嚴重的傷勢，但小傷還是少不了。

翡翠由衷慶幸瑪瑙他們是乖乖待在包裡，要不然自己受傷的場景被他們看見可就不好了。

翡翠也記不得他們到底遇上過幾批泥沼斑鬣，牠們的出現簡直沒完沒了。

就在翡翠等人以爲將會再迎來下一批的時候，泥沼斑鬣突然不再出現。就算牆邊仍一直有著矮洞，卻不再見到那些嗜血的魔物從洞裡出來。

雖說原因不明，但翡翠和伊迪亞不禁鬆了口氣，唯獨斯利斐爾臉色依舊冷峻。

越是深入通道內，翡翠他們越是深切感受到榮光會在這裡投注多大的人力與資源，才有辦法在岩山中打造出讓人歎爲觀止的空間。

「他們到底想在這裡做什麼？」伊迪亞只覺自己被重重謎團包圍。

在他的認知裡，榮光會或是背後的卡莫拉家族，主要掌管著瓦倫蒂亞黑市。他們每年籌備地下拍賣會，吸引各路人馬將無法於明面上販售的違禁商品運送至此，無形中也讓此地成爲獎金獵人和其餘犯罪分子的交流點。

但在岩山裡弄出一個宛如地下迷宮的地方，這擺明是另有所圖。

起碼伊迪亞是絕對不相信，榮光會只是有著打造迷宮的愛好罷了。

「等你碰到榮光會老大，你可以問問他。」翡翠敷衍地回應著。比起在意榮光會暗中在籌劃什麼，他更在意的是光榮之池到底藏在哪裡？

「說好的就在拍賣會會所後的山裡呢？我們都深入到那麼裡面了，連個水聲也沒聽見。」翡翠用私人頻道向斯利斐爾抱怨著，「我還以爲這趟能找到和世界任務有關的收穫。斯利斐爾，你還記得眞神在哪裡泡過澡嗎？記得嗎？記得嗎？記得嗎嗎嗎嗎？」

要不是看在他們還在逃亡，斯利斐爾一定會伸手扣住翡翠的腦袋，一把將他撞暈，這樣世界就會清靜了。

「您眞是吵死了。」斯利斐爾冷漠地回話，「簡直像隻歇斯底里的貓。」

「我又沒喵喵叫。啊啊，所以你也不曉得眞神在哪邊洗過澡啊。話說羅德、謝芙性別不同，我們是要找哪位泡過的洗澡水？他們應該不會是混浴一起洗吧？」

想到曾在夢境中見過的眞神形象，年輕的男劍士和六、七歲的小女孩，翡翠的眉頭差點打成一個死結。

「不行，光是想像我就覺得充滿犯罪的味道，讓人想報警了。」

「在下不知道眞神是以何種樣貌和您見面，但在下可以肯定，祂們只是借用了自己創造物的外表而已，神的眞容不是一般人能直視的。」

伊迪亞不曉得在這短短時間裡，前面兩人已進行了一輪對嗆，他忽地察覺到包包裡傳來異樣動靜，趕忙停住腳步。

「伊迪亞？」聽見後方煞停，翡翠也拉住斯利斐爾，跟著一塊停下。

伊迪亞無暇回話，他看著背包內，紅了眼眶，一副想哭的表情。

「伊迪亞？」翡翠頓感不妙，一顆心提起，「蘿麗塔怎麼了嗎？」

「殿下她、殿下她……她醒過來了！」伊迪亞幾乎是熱淚盈眶地把圓滾滾的金蝙蝠捧起。

正如他所說，先前毫無動靜的金蝙蝠此刻正慢慢掀開眼，還試圖用小翅膀揉揉眼睛，那模樣憨態可掬，讓人忍不住想要露出會心一笑。

「呼……哈……」蘿麗塔打著小小的呵欠，疑惑的眼睛骨碌轉動，「天亮了嗎？但是好暗耶，太陽還沒出來嗎？那我可以多喝兩瓶兔兔牌番茄汁嗎？」

翡翠不太理解這跟兔兔牌番茄汁有什麼關聯，不過想起斯利斐爾曾說過，未成年的暗夜族個個都是智障，他就覺得不用認真去計較了。

「殿下……」伊迪亞喜極而泣，他連忙擦去眼角的淚水，能看到他們一族最珍貴的寶物安然無事真的太好了，他們終於可以一起回去浮光密林，「殿下妳終於醒了，我買了好多禮物要給妳。有覺得哪裡不舒服嗎？」

「伊迪亞的頭髮變色了！」蘿麗塔像發現新奇的事物，她扭扭身子，然後憋著氣使勁，下一秒就從金蝙蝠變成如洋娃娃嬌小的小女孩，「先謝謝伊迪亞的禮物喔，雖然都是怪怪的東西，但我很喜歡喔。唔唔唔，我記得我睡了、我睡了……」

蘿麗塔的視線倏地落在抱著自己的那隻手臂上，「伊迪亞的手，黑黑的？不是沾到血，是沾到什麼？」

「啊，這個？」伊迪亞見蘿麗塔留意到了，主動把袖口再捲高一些。

翡翠跟著看了一眼，登時面露吃驚，「伊迪亞，你身上的毒素還沒清除掉嗎？你當初到底是吃了多毒的菇啊？」

翡翠猶記得剛出拉瑞蘭山道的時候，伊迪亞的手背上就有一些指甲大小的黑斑。他之前一直沒多加關注，以爲已早早褪去，沒想到範圍居然還擴散了。

手背上仍散落著幾處黑斑，但從手腕位置開始，卻是呈現不規則且更大面的黑紋。如果是不知情的人見了，可能會誤以爲那是身上的某種刺青。

「嗯，也許跟後來吃的毒菇衝到了吧。」伊迪亞不以爲意，「別擔心，只是身體多了些黑色的花紋，我並沒有感覺到哪裡不舒服。」

「手背黑黑的跟我一樣。」蘿麗塔獻寶似地亮出自己的右手，隨後傻愣愣地盯著不放，「咦咦？變多了？還有左手也有耶。」

蘿麗塔的狀況和伊迪亞差不多，手腕以上皆是黑紋分布，直沒入布料底下。彷彿有人將她雪白的皮膚當成畫布，一筆筆塗下了色彩。

「看樣子，殿下也和我吃到相同的毒菇了。」伊迪亞失笑地說，一直懸著的心總算安然放下。

他至今仍忘不了暗潮爆發的那一日，自己從土裡挖出了引發這一切災難的源頭。

是人類孩童贈送給蘿麗塔的星星糖。

蘿麗塔把它們埋進了土裡，只單純地希望來年能收獲更多糖果。

這一顆半的星星糖本該晶瑩剔透，就像閃亮的星星。但是從土裡被挖出來的它們，卻如同蛀爛的牙齒，被黑色佔據得坑坑窪窪。

異變的星星糖讓暗潮提前，讓暗靈短時間內進化成螢火鬼獸。就算這一切後來都落幕了，伊迪亞的心頭還是壓了一塊大石。

因爲剩下的那半顆星星糖，被蘿麗塔吃掉了。

不過現在看來它並沒有對人體帶來眞正危害，可能只對暗靈的復甦有所影響吧……

摸摸自己的黑紋，再摸摸伊迪亞手上的，蘿麗塔驀然瞪大銀白的眸子，後知後覺地發現他們在一個不只沒有陽光，連天空也看不見的地方。

她不是應該待在自己的宮殿寢室？怎麼四周突然變成硬邦邦還髒兮兮的……

「在下不建議你們在此浪費時間，但假如你們對生命已不懷抱希望，那就當在下什麼也沒說。」斯利斐爾反扣翡翠的手，拉著人重新邁出步伐。

「殿下，我晚點再跟妳解釋，我們正被人追殺，得立刻找到安全出路才可以。」伊迪亞也清楚他們的危險尚未解除，迅速跟上翡翠他們的腳步。

蘿麗塔緊緊趴在伊迪亞肩上，沒過多久就意識到人形容易掉下來，她趕緊再換回蝙蝠型態，然後鑽進了伊迪亞的領口處，像團圓圓的金麻糬從裡面再擠出一半身子。

聽著自己近衛疾速奔跑的聲音，蘿麗塔絞盡腦汁地回想著睡前的一切，想知道為什麼一覺醒來，自己就出現在這個奇怪的地方，伊迪亞還換了形象，染了頭髮。

而且佩琪、加爾罕，還有母后他們呢？還有、還有……

「漢娜……」蘿麗塔喃喃說出了這兩個字。

蘿麗塔全都想起來了，她快進入睡眠期之前，曾要求漢娜將自己送到佩琪身邊。

如果漢娜有那麼做的話，她就不可能會出現在這裡。

也就是說……

暗夜族的小公主雖然總是一派樂天還傻乎乎的樣子，但也沒有天真到不知世事的地步，她不知道該怎麼形容自己此刻的心情。

像是一顆心臟泡進了酸酸苦苦的水裡，像是她吃到壞掉的番茄，也像是、像是……

蘿麗塔想不出來了，可她的眼淚已控制不住地滲出眼角。

「殿下。」聽見蘿麗塔自言自語的伊迪亞湧上擔憂，深怕漢娜的作為在她的心裡留下傷痕。

那名人類小女孩是他們殿下初次交到的年齡相近的朋友，她信任著漢娜，但她會淪落到瓦倫蒂亞黑市裡，卻也和對方脫不了關係。

「在下有事離開一會。」斯利斐爾忽然出聲。

「咦？什麼？」翡翠吃了一驚，還來不及問出他要去做什麼，對方已消失不見，「喂，斯利斐爾？斯利斐爾！」

「他突然想上廁所嗎？」蘿麗塔天真問道。

翡翠覺得真神代理人應該是不吃飯也不用上廁所的小仙男啦，但這真相也沒辦法跟蘿麗塔說清楚。

「他都這麼說了，我們繼續走。」翡翠含糊帶過，和伊迪亞重新向前探索出路。

當翡翠他們跨出這條通道的出口，迎接他們的赫然是一片豁然開朗的空間。

上方是鑿得極高的弧形穹頂，底下是一大片圓形空地，周圍呈環狀的石壁上除了翡翠他們踏入時的那個，還有五個拱形洞口。

洞口後的通道都是黑黝黝的，化不開的陰影盤踞在裡面，讓人看不真切。

空地外層則有三層階梯式的看台，這讓這個空間看上去就像一座鬥獸場或競技場。但第三層和另外兩層相比，卻又短窄許多，就連形狀也頗為怪異，像個漏斗狀接連在岩壁上，並不像是供人站立好觀賞底下情景的平台。

翡翠忍不住仰頭盯著那奇怪構造的第三層，下一刻注意到有一束極細的白線自高處落下。

不對，不是線，是淡白色的光。

那是……月光！

「伊迪亞，是月亮！」蘿麗塔興奮得待不住，拍拍翅膀就想往上飛。

「殿下等等！」伊迪亞迅速伸手按住蘿麗塔蠢蠢欲動的圓滾身體，他的眼中全然沒有喜悅。縱使距離遙遠，他仍看得出那條空隙太狹窄，細得像是一道割開的傷痕。

不管是他或蘿麗塔的蝙蝠型態，都硬擠不過去。

假如不是月光正好從上頭照入，翡翠他們也不會察覺到穹頂處居然有一道對外的小小缺口。

翡翠心頭驀然一動，他望著漏斗形的第三層高台，從他們的角度看不見台上是何種景象。

但湊巧有月光照下的這件事給了他靈感，他想起從銀酒杯一夥人得到的情報。岩山裡藏著光榮之池，池子上方是露天的，該不會眞的就是在這……

還沒等翡翠躍上階梯式高台直探究竟，一陣陣粗重喘息猝然進入眾人耳中。彷彿大型野獸所發出，在挑高的場地內不祥迴盪。

有東西正藏在那幾個拱形洞口後。

「翡翠，小心一點。」伊迪亞握著長劍擺出防禦架勢，明明還沒看見任何危險的存在，但本能已讓他的手臂竄起一陣雞皮疙瘩。

蘿麗塔翅膀上的小絨毛也都豎起，她連忙再往伊迪亞的衣襟內縮去，只露出一雙圓滾滾的眼睛在外面。

眼看一時無法上去探查，翡翠果斷抄起地上一塊石頭往第三層高台方向遠遠扔去。他臂力十足，準頭又好，石頭如他所願地落進了高台內。

很細的撲通一聲，是物體沒入水面的聲音，還激起了水花。

翡翠清晰地捕捉到這聲細微音響，同時證明上頭確實藏著一座水池。

那很可能就是翡翠急欲尋找的光榮之池。

既然知道目標在此，並不會自動長腳跑了，翡翠沉澱心神，先專注地面對他們即將迎上的敵人。

腳步聲響了起來。

噠噠噠……像是獸蹄踩踏在地面的聲音。

兩道身影分別從洞中的陰影內步出，進入翡翠他們的視野中。

左邊是一頭毛皮閃亮的藍色雄鹿——假如只看到牠的軀體前端，想必會這麼認爲。

當牠完全從幽暗中踏出，牠的身軀後半讓翡翠等人不由得一愣。

藍鹿的臀部位置竟猶如蠍子的尾巴，多節的尾巴高高揚起，外殼也是透著閃亮的藍色。然而就算色系相同，那怪異的軀體組合卻只令人感到一陣悚然。

右邊是一頭半人半魚的魔物，牠似人類以雙腳站立，皮膚則是布滿黏液的棕褐色，上頭還能看到點點黑斑不規則散落。魚腦袋寬寬扁扁，兩隻眼睛被擠到了邊側，像是淹沒在眼邊的層層皺褶裡。

翡翠認出右邊的那頭魔物，那是山鯢人，看起來就像大型且長出人腳的娃娃魚。然而他過去曾看過的那隻，表皮明明只有覆蓋黏膜，並沒有那像是小刀立起的鱗片。

「斯……」翡翠反射性就想向斯利斐爾尋求確認。不管他們當初是如何地被綑綁在一起，對方確實在不知不覺中成了他想找人幫忙時第一個想到的對象。

可聲音才剛滑出舌尖，翡翠便想起斯利斐爾有事暫離，人不在現場。

翡翠不知道左邊的藍鹿叫什麼名字，但牠和山鯢人都給人一種……彷彿經過拼裝的感覺。

彷彿牠們原本不該是這樣的樣貌。

「牠們長得好奇怪！」蘿麗塔小小聲地驚呼，「比長歪的番茄還怪！」

「如果我沒記錯……」伊迪亞沒有放鬆警戒，端詳著藍鹿和半人半魚，「牠們應該是閃電藍鹿和山鯢人。可是閃電藍鹿沒有那條蠍子尾巴，山鯢人也不該有鱗片。」

「突變種？」翡翠冒出了這個猜測，但他總覺得還少了一點什麼。

就在這時，一個重物冷不防重重摔在翡翠他們面前。突來的巨響不僅驚到翡翠他們，也吸引了兩頭魔物的目光。

一名銀髮褐膚的男人現身，戴著單邊眼鏡的面孔毫無表情，紅瞳就像沒有絲毫溫度的紅寶石。

將泥沼斑鬣的屍體扔下後，斯利斐爾脫掉染上血污的白手套，換了新的一雙。

「這不是……」翡翠看著地上的泥沼斑鬣，「你說要離開一趟，就爲了把這東西再帶過來？」

剩下的抱怨翡翠沒說出口，但他心裡明明白白寫著：你是不是有毛病啊。

「這隻泥沼斑鬣不是自然突變。」斯利斐爾說。

「不是自然？那不就是人工的……」翡翠順口這麼回答，隨後神情微變，目光立時在泥沼斑鬣和前方的閃電藍鹿、山鯢人間移動，「該不會前面那兩頭也是……」

「奇美拉。」斯利斐爾在吐出這個詞彙的時候，素來冷漠無波的語氣裡罕見地帶著嫌惡與輕蔑，看向那些魔物的眼神如同最森寒的凜冬，「不只它們，先前的泥沼斑鬣全都是。」

「全都是奇美拉？但牠們沒獅子和山羊的頭，也沒蛇尾巴啊。」翡翠從腦海中翻出了原世界對奇美拉的印象。

那是一種希臘神話中的怪物，據說上半身是獅子，中間是山羊，尾巴則是蛇。

「翡翠你說的那種魔物的確是奇美拉，但奇美拉還有另一種含意。」伊迪亞解釋，「通常又指以二到三種以上的魔物混合出來的人爲新物種。」

伊迪亞說完後，忍不住緊緊擰眉。他此刻也意會到眼前他辨認不出來的怪異魔物，就是第二種意義上的奇美拉。

當這個認知躍入伊迪亞腦中，一個更駭人的猜想緊接浮現。

「榮光會……該不會就是在做奇美拉的實驗？」伊迪亞神情扭曲。對一向與自然共處的暗夜族來說，這種行爲簡直悖逆天理，違背了眞神的安排。

翡翠理解了，怪不得斯利斐爾會露出一臉看到比垃圾還垃圾的東西的表情。

這種魔物完全違反眞神創世法則，眞神代理人感到很不爽完全正常。

翡翠的耳朵尖微微動了下，他能聽出這裡還有其他聲音，就藏在另外兩個洞穴裡。只有最右邊的那個沒有屬於生物的吐息聲，籠罩著一片安靜。

翡翠想起了他們最初的那個計畫。

原本他們是想兵分兩路，分別帶著蘿麗塔和那個同樣被刻上追蹤術的玻璃片逃跑，讓榮光會判斷不出哪邊才是真正目標，達到分散追兵的目的。

只是意外打亂了他們預定的一切，而既然光榮之池就在這，那現在顯然該讓那個計畫重新啟動了。

玻璃片在自己這邊，蘿麗塔自然由伊迪亞帶著，剩下的就是……翡翠的視線掃向斯利斐爾，須臾間有了決斷。

他毫不遲疑地把裝著小精靈的包包塞到斯利斐爾手上，猛力朝對方和伊迪亞一推。

「別浪費時間停在這裡了，你們快從最右邊的通道先離開！這邊我負責！」

「不！」一直以來都聽話待在背包裡的瑪瑙最先探出頭，白嫩的臉蛋憤怒地漲紅，「我不！」

「我們也不！珊瑚大人才不！」珊瑚高亢地替自己和珍珠一塊發聲。

珍珠抿了抿嘴，她藍色的眸裡寫滿抗拒，可又清醒地明白翡翠絕對不會改變他的主意，這讓那些爭辯的話語全哽在了喉頭。

「聽話，這次真的不行。」翡翠心一橫，神色嚴厲，素來柔和的表情褪得一乾二淨。

伊迪亞反射性也想否定這個辦法，但感受到胸前來自金蝙蝠的溫度，他一咬牙，毅然朝翡翠點點頭。

伊迪亞同樣清楚，假如他們全部耗在這，只會讓榮光會的人更快找過來，到時只能被一網打盡。

「在下明白了。」斯利斐爾無論何時都是冷靜沉著的模樣，對於翡翠的命令也毫不質疑。無視小精靈們的反抗，他乾脆俐落地把他們全都按回背包裡，任憑稚嫩的喊聲從耳邊拂過。

伊迪亞尙猶豫地想勸翡翠將斯利斐爾留下，但斯利斐爾已邁開長腿，奔向翡翠指定的那條通道。

「斯……斯利斐爾！」伊迪亞沒想到那名銀髮男人說行動就行動，當下也不敢再拖延，急急跟上對方的腳步。

乍見有人欲從廣場逃離，閃電藍鹿和山鯢人就像被觸怒一樣，馬上將他們鎖定爲攻擊目標。

但有人動作比它們更快。

「你們的對手是我！」翡翠集中心神，感受著體內能量的流動，它們集中在魔力槽，轉為魔力輸出，化成他重生至這個世界以來最嫻熟的魔法，「——風之刃！」

碧色長刀在他身前交叉，霎時成形的淡綠氣流跟著分為兩股，迅雷不及掩耳地朝著閃電藍鹿與山鯢人方向掠出。

兩頭人造魔物憑著本能閃躲，趁著它們被逼退的這一瞬間，翡翠忽地把一個東西扔向暗夜族的劍士。

「伊迪亞，接著！」

伊迪亞扭頭一把抓住，他看著掌心上的小蟲子，黑底帶著金紋，是路那利先前塞給翡翠的高級傳音蟲，「等等，那你怎麼辦？」

「別擔心、別擔心，只要你旁邊有斯利斐爾，憑著我對他的食欲……我是說憑藉我對他的愛，我隨時都能找到他的！」

老實說，伊迪亞至今還是搞不懂這對主僕感情的好壞，但也許這就是別人家的特殊小情趣，那就不是他能置喙的事了。

翡翠隻身擋在伊迪亞他們離去的洞口前，雙手持握碧色長刀，看著緩過來的閃電藍鹿和山鯢人氣勢洶洶地想衝撞過來。

閃電藍鹿粗大的鹿角間聚攏著滋滋作響的銀白電光，轉眼匯集成閃電。

眼看兩頭人造魔物就要發動攻擊，它們卻突然身子一顫，竟不敢再有下一步動作，彷彿有某種存在讓它們本能地膽怯了。

翡翠可不會天真地以爲是自己讓魔物們害怕，他謹慎地盯著那個驀然傳出陣陣響動的拱形洞口。

比泥沼斑鬣、閃電藍鹿和山鯢人都還要驚人的身影慢慢走出。

那是一頭臃腫、看起來笨重的大型魔物。

或者說，更像是超乎想像、不該存於現世的……怪物。

它的身軀有如一座小山，下半身像馬，卻有著六隻粗壯如柱的腳；腳上覆著灰綠色的鱗片，間隙還充滿黏液。

上半身有著些許人形輪廓，但它的頭部卻像裹著一個肉色光滑的黏膜，沒有屬於眼睛、鼻子或嘴巴的器官附著在上面。

它的軀體表面附著一個又一個疑似肉色氣泡的物體，不斷膨脹收縮著，好似下一秒就會「啪」地破裂，腰間和後背各有一顆凹凸不平的碩大肉瘤。

這畫面讓翡翠當下產生心理上的不舒服，要不是稍一挪開視線可能換來致命之災，他眞想別開臉不看了。

這玩意太噁爛了吧！

翡翠發現閃電藍鹿和山鯢人瑟縮得更厲害了，它們連狩獵的欲望都徹底沒了，全然忘了自己這個獵物在場。

翡翠專心留意著那個目前危險度最高的魔物，一時都忘了還有一個拱形洞穴裡也藏著東西。

說時遲、那時快，躲藏在洞內暗影中的一道黑影掠出。它緊貼著上方岩壁高速移動，快得讓人只能夠瞧見殘影，一轉眼便鑽進伊迪亞他們進入的通道內。

「草草草——草泥馬！」這始料未及的狀況讓翡翠飆出髒話，他原以爲這裡的魔物應該都會被自己拉住注意力，誰想得到第四頭會打得他措手不及。

眼見來不及阻止，翡翠深吸一口氣，只能腦中傳訊。

斯利斐爾，有東西追著你們過去了！當心！

第9章

柯薩諾身兼榮光會首領和卡莫拉家族的族長，其重要性絕對不言而喻。他的武力和魔法才能頂多算中等，可他的頭腦才是最寶貴的武器。靠著他的帶領，榮光會才有辦法在瓦倫蒂亞黑市一口氣崛起，並穩穩佔據了說一不二的地位。

這座拍賣會會所裡有間專門爲榮光會首領打造的安全屋，其建材有著固若金湯的防禦力，四周還刻畫上能抵禦多種攻擊的魔法陣，裡頭亦存放著足夠維持好一陣子生活的食物和飲用水。

在下屬的護送下，柯薩諾避開沿路上的危險，成功從大廳移動至安全屋內。厚重的門板被關上，從屋內上鎖，外人無法進入。

榮光會的成員們很肯定在己方的重重防護下，安全屋內連一隻蒼蠅都飛不進去。可他們不會知道，有一名黑髮白袍的少年正當著他們的面，如入無人之境地穿越那扇可抵銷多個大型魔法衝擊的門板。

縹碧掃視了安全屋一圈後，便索然無味地把目光放至柯薩諾身上。

在這個安全空間內，柯薩諾摘下了面具，眼底盡是鬱色。

縹碧饒富趣味地打量這個可能與伊利葉牽扯上關係的紅髮男人。

映入縹碧眼中的榮光會首領看上去格外年輕。

他很英俊，還有一雙深邃的紫灰色眼睛，可他的英俊沒有任何辨識度，就好像照著眾人認知的「好看」概念長成。當要仔細描述他的外貌時，又說不出顯著特徵。

柯薩諾自是不曉得旁邊有人正不客氣地端詳自己，他捏捏眉心，對至今發生的一切深感不滿。

沒人知道到底出了什麼問題，管理魔物的人員早被撕咬成碎片，再也無從得知當時的眞相。

但獸籠內的魔法陣不會無故失效，籠門更不該自動開啓。

種種跡象都指向了這是人爲造成。

問題是，那個身分不明的人是誰？

爲什麼他/她有辦法避開所有人的耳目，在守衛毫不懈怠的守備下完成這些事？

就算身手再如何敏捷，都不可能躲過那麼多雙眼睛。

除非……是用魔法隱藏了自己？

這個念頭在柯薩諾腦海乍現，他瞳孔遽然收縮，然而這並非因為他想出凶手如何引發這一切，是他看見了一名陌生的黑髮少年平空出現在他面前。

對方穿著寬鬆白袍，腳上未著鞋履，雙眼覆著紅布條，一頭長髮如夜色披散在後，末端夾雜的緋紅好似一縷縷火焰。不說話的樣子，就像一尊精緻但毫無人氣的人偶。

柯薩諾衣下的肌肉驟然繃緊，進入了隨時都能暴起傷人的警戒狀態。他沒有朝外叫喊，因為他知道安全屋完美的隔音牆會讓這舉動徒勞無功。

他握緊手杖，灰眼睛凌厲地鎖定縹碧，心中閃過多個疑問。

這人是怎麼進來的？這裡沒有窗戶，門更已牢牢上鎖，只有從裡面能夠打開，難道說他打從一開始就……

「初次見面，你好。」縹碧為了對那枚可能與自己創造主有關的戒指表示敬意，特地以實體現身，而不是維持一慣的半透明模樣，「柯薩諾，我就直接這麼稱呼你吧。」

「你是什麼人？」柯薩諾有許久不曾從他人口中聽見自己不帶尊稱的名字。他坐在椅子上，沒有其餘動作，或許也知道面對來歷不明、實力也不明的人，此刻沒有作爲才是明智之舉。

「我是什麼人你不須要知道。」縹碧輕笑，「你也不必多作揣測，反正你就算到死，那貧瘠的智商恐怕也無法爲你找到答案。」

被人當面這麼侮辱，柯薩諾卻僅僅只眉毛抽動。

縹碧喜歡和冷靜的人打交道。如果更聰明、更坦白一點那就更好了，那會省下他很多時間。

「你來這的目的是什麼？」柯薩諾冷冷地問。

「我有一個問題，和一個要求。你還是繼續坐著，別站起來，我喜歡這種俯視人的感覺。」縹碧微傾身子，居高臨下地看著柯薩諾。

縹碧的雙眼被紅布條覆蓋住，但柯薩諾還是清晰地感受到被注視的感覺，他的一舉一動都被對方收在眼裡。

「我們先說問題吧，只要你出張嘴巴就好，很簡單。」縹碧說，「你和伊利葉有關係嗎？你見過他？不，榮光會首領據聞年齡沒超過五十，那麼你肯定沒機會見到他……

但我卻又確實地在你身上感應到伊利葉留下的某種痕跡。」

柯薩諾做得很隱祕了，但縹碧還是發覺對方的灰眼睛下意識看了手上戒指一眼。

縹碧嘴角弧度彎得更大──果然是那東西啊。

「你會這麼問我，就表示你跟大魔法師也有些關係吧。」換柯薩諾主動扔出問題，「在傳說中，伊利葉沒有收過任何弟子。你是他的追隨者？信徒？崇拜者？」

縹碧笑而不語。

柯薩諾似乎把這當成肯定的答案。既然對少年的身分有了大致的猜測方向，他稍微鬆一口氣，知道下一步該怎麼做能勾起對方的好奇心。

只要這名少年產生了好奇心，他的生命安全就無虞。

「你知道伊利葉曾在瓦倫蒂亞沙漠待過嗎？」柯薩諾開始一張張亮出牌，當然最重要的底牌得繼續壓著，「他留下了一些有趣的東西。」

縹碧歪歪頭，在外人眼中像是在思考，其實是從核心資料庫找答案。

「喔。」縹碧找到了，「他確實曾在這待過幾年。這裡，你們榮光會現在佔據的這地方對吧，他留了什麼？」

這問題他沒找到相關記憶，自然只能丟給柯薩諾回答。

「驚人的發明，可以改變這世界的偉大研究。」柯薩諾眼底燃起熱度，眼神發亮，就像孩童看見最有趣的玩具，恨不得能緊緊抓在手中，「可惜他當時沒有成功，或是選擇放棄。但是他留下足夠豐富的資料，能讓後人繼續鑽研。」

「原來如此，我了解了。那來說說我的要求吧。」縹碧話鋒無預警一轉。

「你想知道那些資料的內容。」柯薩諾篤定地說。

但縹碧給出了令他措手不及的回覆。

「我想要你的戒指，你可以選擇把它給我，或者我親自動手拿。」

柯薩諾表情瞬間僵住，似乎不能反應縹碧話語的含意。

「我想要你的戒指，你可以選擇把它給我，或者我親自動手拿。」縹碧不介意重覆一次，甚至再多說幾句新的，「那是伊利葉留下的東西之一吧。」

「爲什麼你會……」柯薩諾臉上肌肉出現劇烈顫動，當他意識到自己的質問等於間接回答，他用力閉上眼。半晌後，他身上的激動消失了，像是回復最初的沉穩，睜眼筆直地看著縹碧，「如果你想要，就自己過來拿。」

像是要證明自己的誠意，柯薩諾微微敞開身子，擺出一副無防備的姿態。

見狀，縹碧如他所願地主動上前了。

一步、兩步、三步……縹碧伸手探向柯薩諾食指上的戒指。

就在這瞬間，柯薩諾按下手杖上暗藏的機關，三枚閃著不祥幽光的毒針飛出，直射向縹碧的身體。

在無法躲避的短距之下，毒針確確實實沒入了縹碧體內，連針尾都看不見。

針上淬染的是一種劇毒，只要觸及目標肉身，毒性就會即刻擴散。

雖說不至命喪當場，但也只是吊著一口氣罷了。

除此之外，還會全身麻痺，但神智被迫保持清醒，怎樣也昏迷不了，而且任何痛楚落到身上都會被放大數倍。

柯薩諾已用這種毒無數次撬開那些自認心性堅定之人的嘴巴，輕易獲得自己想要的情報。

無論這人如何神通廣大地入侵安全屋，眼下也不過是砧板上的魚，任他宰割了。

柯薩諾的笑意剛在眼中迸現，旋即就被錯愕取代。

「如果我是人，或是任何一種活著的生物，這個小手段應該會發揮不錯的效果。」縹碧若無其事地低頭看看胸口，接著他的身影淡去幾分，從凝實變爲了虛無。

沒了沒入的地方，三枚毒針只能往下墜落。

「你究竟是什麼人？」柯薩諾神色大變，同時思路疾速轉動。他博覽群書，對大陸上的多數種族都有涉獵，包括魔法，即便他資質不足，但單論紙上的知識他有極大的自信，然而他現在卻找不出符合黑髮少年身分的線索。

不對，等等……

柯薩諾繃不住表情，瞪大眼看著縹碧半透明的軀體，再結合那句「不是任何一種活著的生物」。

意思就是……他是死的，是亡者，是……

「你是亡靈!?」柯薩諾再也坐不住地站起身，他厲聲喊了出來，卻更像無法接受自己得出的結論，「不可能，沒有與亡靈法師訂下契約的話，區區亡靈根本不可能有此力量在這來去自如。這裡可是設下了多重防護，你的主人混入這場拍賣會當中嗎？說出他的名字！」

「噓噓噓，冷靜點。」縹碧的語氣像在敷衍無理取鬧的孩童，「你的推論似乎很有道理，但用在我身上，就是錯誤百出。」

柯薩諾還是堅信他的猜想，「這是唯一的可能！」

「別瞎猜了，沒有亡靈法師在附近，那種傢伙可沒資格和我訂契約。而且你剛還說了什麼，區區亡靈？」縹碧像被逗笑了，他慢慢地升起身子，飄浮在地面之上，「比起亡靈，我更喜歡被稱爲靈。」

縹碧把玩著不知何時落到他手中的戒指，戒指靈巧地在他指間翻滾，鑲在其上的銀蛇好像要活過來。

當他將戒指套上食指，就在指環與皮膚完全貼合的剎那間——

烙印在縹碧眼底的銀蛇眞的開始遊走，細長的身子盤繞、蜷曲、伸展。

銀蛇不只在他眼中遊動，還爬進了他的大腦，在他的意識裡優雅地行動。

銀蛇鬆開嘴裡銜咬的金葉，金葉落至他的意識之海，盪出圈圈漣漪，再融化殆盡。

隨後銀蛇張開大嘴，獠牙猛力朝著他的中樞刺下！

紅布後的雙眼睜大，瞳孔表面在須臾之間竄閃過無數符紋。

柯薩諾所知的一切，流入了縹碧的腦中。

大魔法師確實曾在瓦倫蒂亞沙漠中暫居數年。

他原本只打算小住一陣，他一向獨來獨往，到人煙稀少的地方居住算是他爲數不多的興趣之一。

偶然發現的有趣東西改變了他的想法。

——夜災留下的資料。

「夜災」這兩字對當年的伊利葉來說，也是如雷貫耳。

它是一個暗殺組織，底下成員不多，但個個都是頂尖殺手，單憑一人之力，可以對上一整支軍隊。

夜災最廣爲人知的事蹟是它差點挑起海族與人類的戰爭，西海公主的未婚夫一度魂斷，北海繼承人與南海皇子險些命懸一線。

是第一任勇者和他的同伴們聯手擊退對方野心，才讓這組織徹底覆滅於歷史之中。

伊利葉對是誰阻止夜災做過什麼事，或是誰阻止了他們都毫不在意，在他的年代，無論夜災或勇者，皆已成爲被記錄在書籍上的一段文字。

讓他對夜災生起興趣的，是一則有關它的小道消息。

據說夜災成員都擁有奇特力量，被稱為血之力，這股力量就是讓他們強大的源頭。

伊利葉自己都沒想過，一時興起而前往瓦倫蒂亞沙漠，會讓自己獲得意想不到的收穫。

他發現到的資料殘破不齊，許多地方都得靠他自己研究。

伊利葉喜歡魔法也喜歡解開謎題，他為此深居簡出，一年到頭幾乎都埋在這份研究裡面。

雖然缺少了不少核心部分，但最後仍讓伊利葉成功推論出夜災的祕密——它的力量起源。

魔物嵌合體。

夜災一開始是讓魔物雜交，但誕生的次代魔物並不如預期般結合兩邊優點，往往成了畸形的瑕疵品。

於是夜災改變方式，採取更激進的手段，利用魔法與實驗強行讓不同魔物相互融合，成功後再提取它們體內的魔晶石，萃取出高純度的能量液，注射進自己培養出的殺手體內，讓他們的血液擁有異於常人的力量。

伊利葉找到了解答。

依他的性格，應該會想要嘗試還原實驗過程，眞正地滿足他的好奇心。

但一切卻戛然而止。

沒有後續，沒有更進一步。

透過流竄進來的那些畫面、記憶，縹碧尋找不出讓伊利葉停手的原因，但伊利葉留下的手札賦予了之後到來的柯薩諾一個嶄新世界。

只是那個新世界的門尚未全部開啓，必須憑靠柯薩諾後續的努力。

爲了這個目的，榮光會祕密進行研究，由柯薩諾一手主導。他恨不得能完成伊利葉未竟的項目，但在這之前少不了實驗、採樣、收集數據，再進行無數次相同的循環。

柯薩諾在進行期間對計畫進行了改動，他認爲人類與魔物會是更適合的研究素材。從它們體內提取出魔晶石之前，它們還將會是很好的兵器。

如今實驗儼然將邁入最後一步了。

在柯薩諾眼中看來只經過了數秒——他見到來歷不明的少年靜止一瞬，然後對他揚起笑容。

地上的三根毒針飛起，疾若雷電地射進柯薩諾的左胸，刺穿了他跳動的心臟，再由他的後背貫穿出來。

柯薩諾還保持著驚疑的表情，但他的身體已經不受控制地朝前傾倒，最後頹然倒地，在地面砸出沉重悶響。

在安全屋良好的隔音效果下，外面的人絲毫不知道裡邊的動靜，更不會知道榮光會首領如此簡單就被奪走了生命。

「喂喂，不過是個垃圾，還敢把人當垃圾看待嗎？」縹碧抬腳踩了踩柯薩諾的腦袋，臉上露出秀麗又冰冷的微笑。

那神態，就和那一日在坍塌的縹碧之塔外面，他殺掉噬心者蓋恩的時候一樣。

將柯薩諾的臉踢向一邊，縹碧見到對方的後頸攀繞著像是刺青一類的黑紋。他沒有多加在意，眼神只是一掃而過就移走。

縹碧輕巧地穿牆而出，越過那群渾然不知安全屋內發生何事的手下們。

當他的足尖一踏上地面，戴在手指上的戒指倏然有了異變。

三片金葉如遇著高溫融化，卻不是成為一灘液體，竟是絞成肉眼難以窺伺的絲線。它折閃著周遭帶來的光線，巧妙地融入環境裡，讓人壓根發現不了它的存在。

但它本身散發出的魔法波動，又能牢牢地牽引住縹碧的注意力。

縹碧一彎嘴角，看著鑽進前方轉角的絲線，好整以暇地邁出步伐。

「那麼……該去找最後的線索了。」

✣✣✣

在礦石微光的照耀下，龐然的怪異魔物顯得更加醜陋可憎，隨著它一步步走出洞口，山鯢人和閃電藍鹿顯露出的畏懼更加強烈。

翡翠起初以為它們之間的關係單純是弱者見到強者表現出的臣服，萬萬沒想到就在下一剎那——

那頭看似笨重的魔物猝然扯過離自己最近的閃電藍鹿，一把折斷它的鹿角，再扳斷它的脖子，動作粗暴地往自己頭部塞。肉色的黏膜向後退開，成了一道大得驚人的裂口，三兩下就吃掉閃電藍鹿半截身軀。

這畫面著實異常又讓人反胃。

驚愕將翡翠釘在原地數秒。

僅僅這數秒的時間，那頭醜惡的魔物就把手伸向抖個不停的山鯇人，後者馬上淪爲和閃電藍鹿相同的下場。

廣場地面一時濺滿血腥，沒有被吃盡的肉塊凌亂地散落著，刺鼻的腥味對嗅覺敏感的精靈來說無疑是個折磨。

翡翠眉宇微微擰起，打從那頭叫不出名字的魔物出現起，事情就朝著讓人厭惡的方向發展。

將山鯇人和閃電藍鹿吃掉的魔物似乎又起了些許變化，它周身纏繞出絲絲縷縷的電流，灰綠的鱗片上多了黑色斑點。

簡直就像是把吃進去的食物特徵轉化至自己身上一樣。

「果然是奇美拉啊……拼拼湊湊，最後到底會變成怎樣呢？」翡翠掂掂手上的兩把碧色長刀，盤算著下一步是靠近距離肉搏或遠程魔法。

或者……小孩才做選擇，大人當然是兩個都來！

主意瞬間定下，翡翠不待魔物採取任何動作，自己搶先行動了。

他飛也似地從旁側疾奔，一個大步躍起，竟直接將弧形圓牆當成了他的捷徑。

他以快得不可思議的速度逼近魔物，雙刀「唰」地揮出，劈砍上魔物的身軀。

灰綠色的鱗甲比預想中堅硬數倍，刀鋒磨擦出一排火花，卻沒有在上面留下明顯傷口。

翡翠一彈舌，果決換了方式。

雙刀形式轉換，保留碧色的尖銳長槍貫注力道，專挑著鱗片間隙捅刺進去。

這次的攻擊起了效用，但同時也大大激怒魔物。

登時就見魔物體內發出共鳴般的嘶吼，頭部、腰間和後背的肉膜同時剝落，露出裡面物體的眞面目。

翡翠瞳孔凝縮，如果說剛才對魔物吃掉同類的畫面感到反胃只是一種形容，那麼此刻湧上的，就是貨眞價實的反胃感受了。

肉膜底下包覆的，赫然是三個人的頭顱！

翡翠的記性不算差，起碼不至於忘記他們這一路要追捕的嫌犯。

千鳥獵團的葛萊特、艾曼達、安德魯！

三個獎金獵人的腦袋如今就像被人當成零件，拼裝在同樣也像拼裝出來的軀體上。

這場景太過荒謬，也太過悖德。

翡翠凝聚的魔力一頓，飛快與那頭拼組了千鳥獵團三人的魔物拉開一大段距離，遙遙打量對方完整相貌。

上半身肖似人形，頭部是屬於葛萊特所有，只不過更像是在水裡泡了過久而脹大，且呈現詭異的醬紫色；下半身似馬，踩著六隻粗壯的腳，灰綠色的鱗片覆蓋在上，黏稠的液體從間隙內滲出，腰間和後背的腦袋分別是艾曼達和安德魯。

上半身雖說沒有鱗片，但那些肉色氣泡反而讓人更直覺不祥。

翡翠一點也不願意想像如果戳破會發生什麼事，這也是爲何先前他只專注將攻擊集中在魔物下半身的緣故。

翡翠本來想將這個魔物定名爲「奇美拉」，這樣也比較好稱呼。但現在既然發現它是由葛萊特三人與其餘魔物合成出來的，那就直接叫作「千鳥」吧。

千鳥三顆人頭上的六隻眼睛全是一片闃黑，裡頭沒有一絲人性光輝，看上去就像恐怖的黑洞。它從喉頭發出沉沉的低吼，六隻腳邁動，猛地朝翡翠飛衝過去。

它的身子看似笨重，速度卻異常快，轉眼間就已逼近翡翠面前。它身上肉泡鼓動，好像隨時要炸裂；粗大的巨掌與一口猙獰的利牙，就要將翡翠那相對瘦弱的身子一舉撕咬成兩半。

翡翠低咒一聲，這下可不是顧忌著會不會碰到上半身或下半身的時候了。他二話不說地讓長槍變爲雙刀，迅速朝千鳥的腋下斜向捅去。

如果按照翡翠的反應速度，這個行動本該會成功。

然而意想不到的變故發生了。

千鳥身上的其中一顆肉泡眞的破裂，但噴出的不是氣體、液體，甚至不是翡翠做好心理準備，打算極力忍耐的肉泥……或是更噁爛的東西。

竟然是數枚冰錐對著他的臉面直噴而來。

這分明更像是一個初階的冰系魔法！

在這種極近距離下，翡翠閃避不及，危急中只能以手臂遮擋，避免鋒利的冰錐扎瞎他的雙眼。

錐狀物險些洞穿他的一條手臂，他嘶氣一聲，痛楚讓他的表情微微扭曲，卻沒有拖慢他的反應速度，就好像他早已習慣忍耐疼痛。

更多的疼痛。

更多、更劇烈的疼痛。

那些是敵人會想盡辦法施加到他身上的，而他擺脫的方法，唯有竭盡所能擊倒對方。

有了前車之鑑，翡翠不敢冒進。他迂迴地和千鳥繞著圈子，以打帶跑的策略從不同角度觀察敵人的行爲模式。

從對方肉泡炸裂的殘留傷口處，翡翠看見了閃爍微光的符紋，那些東西似曾相識，他曾在別的魔法陣上見過。

一個匪夷所思的猜想躍上心頭，翡翠睁大眼，驚疑的目光落至千鳥其他肉色氣泡上。爲了證明他的猜測無誤，他即刻朝千鳥做出挑釁，還特意露出一個明顯的破綻。

千鳥果然追擊過來。

三頭、人身、六蹄的魔物踩踏著震天步伐，高速往翡翠逼近，它身上的肉色氣泡驟然又破裂一個。

當「啪」的一聲響起，多顆平空出現的熾烈火球追向翡翠。

緊接著又是第二道破裂聲，這次颳起了鋒利的淡綠色風刃。

兩種不同屬性的攻擊，如同兩種不同屬性的魔法。

翡翠倉促地在地面翻滾，總算有驚無險避開了致命的傷害。他一個挺身躍起，握著長刀又加速奔跑，在瘋狂朝他砸來的魔法轟炸中穿梭。

他猜的果然沒錯，那些肉色氣泡相當於把一道道魔法濃縮其中。

翡翠決定稱呼它「即時魔法」，可以立即使用，不用唸上大段的咒語、向元素尋求溝通。

來到這個魔法世界好一段時日了，翡翠也知道魔法的運作模式。

撇開精靈這個得天獨厚的種族不論，假如想使用魔法，除了體內的魔力槽要儲備足夠魔力之外，還要喃誦咒語，向自然元素借助力量，才能成功讓魔法發揮應有的威能。

簡單來說，魔法要拚咒語唸得快，發音要正確，還要讓元素喜歡，願意接受魔法師的點檯。

而魔法師在戰場上，拚的就是這個速度，誰先掌握了魔法發動的先機，誰就有可能成爲贏家。

但千鳥的存在可以說打破從古至今的局面，一旦使用了這種合成魔物兵器，簡直就是所向披靡、無人可敵。

以往恐怕沒人想到這個手段，但榮光會偏偏想到，還做到了。

假如把這個成果放到檯面上，勢必會引起極大轟動，可同時也會引來無止盡的垂涎和野心，然後就是更多的麻煩。

現在一個拯救世界的任務就夠翡翠煩了，他一點也不想增加額外業務。

他抹去嘴角的一抹血漬，紫瞳銳利如開了鋒的刃。

所以啊，絕對要把這傢伙……在這就地斬殺！

既然千鳥動用魔法的速度只會比自己更快，翡翠便沒打算與它以魔法硬碰硬。

從千鳥那身密麻到彷彿要讓人生起密集恐懼的肉泡來看，刻在上面的即時魔法恐怕不是近百就是破百。

翡翠知道自己如果要用魔法，最好一擊必中，還必須來個強悍猛烈的，不能讓對方再有爬起來的餘力。

否則到時用光力氣的自己，就會成爲砧板上任人宰割的魚。

然而到了這個世界以來，他動用魔法的次數屈指可數——畢竟可以用雙生杖擊倒敵人的事，何必要多浪費體內能量，還不如省下來回饋給眞神和世界吸收。

於是問題來了，他好像、似乎、只會……「風之刃」和「狂嵐裂陣」？

但這兩個都不保險，最好是要能將千鳥一口氣絞碎的，連渣渣都別留下，誰知道那殘留的肉色氣泡會不會再引起什麼潛在危險。

「狂嵐裂陣」似乎能符合需求，可這裡不比馥曼城主府。城主府的地下室只有地下一層樓，這裡卻是層層的地底之下，究竟有多深都不知道，還是藏在一座岩山裡，萬一不小心弄崩塌了，誰曉得後果會多可怕。

翡翠將心力都放在觀察千鳥的肉色氣泡上，一個不察，沒發現居然在肉泡未破的情況下，對方還是成功凝聚出雷電屬性的攻擊。

藍白色的電光猝不及防纏上翡翠的身軀，短暫地麻痺他的行動力。

原來千鳥使用了它吸收的閃電藍鹿的力量！

翡翠立刻被狠狠地拋飛出去，整個人摔在岩壁上，再從上頭掉墜下來。他聽到骨頭斷裂的音響，體內的臟腑像是跟著翻騰一圈。

媽的，幹！強忍住乾嘔的衝動，翡翠無聲罵出一句髒話。他踉蹌地站起，在最短時間內重新尋回平衡。

他從衣上扯下一條長長的布條，充當臨時固定用綁帶，再藉著往後一撞，使勁將錯位之處扳折回去。

簡單處理完自己的傷口，翡翠轉身再次投入和千鳥的戰鬥中，他眼裡的鋒芒像是永不熄滅，比炸裂的火花還要絢爛。

這種醜東西要是不在這邊解決乾淨，難不成還留著讓瑪瑙、珍珠、珊瑚看到嗎？

別開玩笑了，我家小精靈怎麼可以弄髒眼睛啊！

在無數次攻防中，他遭受多種魔法攻擊，經歷了燙傷、割傷、撕裂、凍傷、切割、腐蝕，饒是精靈體質再怎麼優於其他種族，重重傷害後也難免傷痕累累。

鮮血汩汩從傷口內淌出，似乎連視野都要被血色浸染。

翡翠感覺自己像同時被切成兩半，一個專注於和千鳥的戰鬥，一個死命回想著自己用過的兩個風系魔法，試圖從中獲得新的想法。

然後自然而然地……

「風之刃」和「狂嵐裂陣」的魔法就像兩道化學方程式浮現在他的腦海內，它們重新組合排列，生成出全新的第三種模樣。

翡翠從未見過，但他就是知道該如何使用，該如何以正確的語言訴說。

這是精靈生而知之的天賦，就和瑪瑙、珍珠、珊瑚一樣。

巨大的陰影籠罩下來，面對像座小山逼來的魔物，翡翠不管沾到眼睫上的血珠，瞬也不瞬地直視著對方。

他的一隻手已經彎折出奇怪角度，腳還能跑，臟器肯定早就破裂，其他外傷難以計數，可他依舊停在原地。

他抬高頭，將變回法杖形態的雙生杖高舉，嗓音嘶啞地將全新的第三種魔法以正確語言複誦出來。

「風系第三級中階魔法——萬鏡風暴。」

萬千菱形光點不知何時包圍千鳥四周，好似它們打從一開始就存於那。

它們在空中轉動，折閃出華麗的光輝，乍看下宛如無窮無盡的花朵綻放，千變萬化、豪華絢爛。

千鳥似乎被這幕迷惑住了，三顆人頭的嘴中同時發出疑惑的音節。它不由自主地伸出手，碰觸了其中一個光點。

霎時，風暴形成。

一個光點爆發出一道小形風暴。

這就像是一個訊號，所有光點接二連三跟著引爆，無數風暴串連一起，合而爲一，轉瞬把千鳥的身影遮擋得不見蹤影。

翡翠看不見風暴內的狀況，從外面看，他只能看到那些成千上萬的氣旋不斷壓縮。

原本龐大的風暴最後竟壓縮成拳頭般的大小，最後「啪」的一聲，連一絲痕跡也沒有留下，徹徹底底消失在這座殘破的圓形廣場內。

而被「萬鏡風暴」吞噬的千鳥，自然也跟著不見蹤影，就好像從來不曾存在。

當那聲類似氣泡破碎的聲音傳出，翡翠也像透支了所有精力，瞬間雙腿一軟，整個人如斷線木偶朝旁倒下，撞到地面的時候還感覺耳朵和腦袋都在嗡嗡作響。

他臉色蒼白，費了一番力氣摸索，總算在身上找到這兩天瞞過斯利斐爾耳目藏起的六枚晶幣。

這本來是他的早午餐，他嫌難吃就偷藏著了，沒想到會在此刻幫上忙。

翡翠這時也顧不得嫌棄晶幣的味道了，他手指發顫地將晶幣塞進口中，囫圇吞棗地將之嚥下，漸漸感受到有股溫暖的能量流入體內。

等到六枚晶幣都吃下肚，翡翠覺得稍微好過一些。雖然沒辦法再打一頭「千鳥」，但基本的行動力已經確保。

「可惡，心靈上還是好餓啊，想吃點更好吃的東西……」翡翠癱在地上，眼神空洞，感覺味蕾被晶幣的味道殺了一遍。

晶幣為什麼吃起來偏偏是苦瓜加青草味？為什麼就不能做成香雞排的味道呢？他可是非常熱愛香雞排的，不管是加辣、加胡椒鹽、加檸檬汁、加梅粉、加海苔，或是炸過再烤、那種醬汁風味的……他都可以！

「不行，再想下去真的要餓死了。」翡翠吞吞口水，連忙打斷腦內的各種美食想像，否則再繼續下去就是對自己的折磨而已。他從地面爬起，仰頭望向最上面的高台，那地方是不是光榮之池還等著他去做最後的驗證。

收起雙生杖，翡翠踏上突出的岩石，幾次點躍，順利到達那漏斗狀的第三層看台。他踩在看台邊緣，或者該說是水池邊緣，看見水池連著一根往上的管線，似乎是把水送上去的輸送管。他再低頭一看，水池底部果然如同梅露西說的，呈現淡淡鉑金色，清澈的水面則映出他的臉，也映出他滿頭鮮血。

翡翠對自己一副狼狽的模樣忍不住嘖了一聲，他抹去臉上的血污，有魔物的也有他自己的，隨手再往旁邊一甩。

血珠飛濺，落到岩層表面，卻沒有淌落。

翡翠沒有看見那幾滴血液頃刻間就被吸收得一乾二淨，彷彿岩石下埋藏著一張嘴，把它們吞得連點痕跡都不剩。

就算這水池是供應給榮光會高層飲用，翡翠也不想貿然將裡頭的水放入自己嘴中。只要想到榮光會做出那些見不得人的骯髒事，翡翠就覺得在這種地方的東西都像摻了毒似的，能不碰就不碰。

還沒等他研究出該怎樣才能讓世界意志發布第二階段的任務，他就感到腳下驟然一空，他的心也跟著重重一跳。

啊幹，該不會魔法還是用力過頭了？

可是剛剛的「萬鏡風暴」分明沒有直接招呼在岩壁上，跳上來前也沒瞧見有任何裂縫出現……

上天沒有給翡翠困惑的時間。

地層塌陷的速度太快，三層看台連同地面居然同時向下坍塌，水池更是一併分崩離析。

當翡翠意會到發生意外的時候，身體已整個失去平衡，朝後墜下。

大量的水和一塊塊岩石如暴雨傾瀉，底下的闃黑洞口就像一張大張的嘴，等著獵物自投羅網。

翡翠睜大紫眸，看著灰暗的岩石穹頂，他應該發自求生本能地朝上伸出手，試圖抓攫什麼來阻止自己的下墜。

但他沒有。

他在墜落。

直直地墜入深淵。

第10章

倉促的腳步聲不停歇地在看似無盡頭的地道內迴響著。

如果不是胸前還有著熱度在，恍惚間，伊迪亞幾乎以爲這地方只剩自己一人。

斯利斐爾太安靜了，他連奔跑都像隻大貓一樣無聲無息。

三個掌心妖精只在最初時候大吵大鬧，發現扭轉不了斯利斐爾的意志後，再也沒了聲音。

背包內安安靜靜的，伊迪亞不確定他們會不會在裡面低聲地哭泣。

光是想像那幅畫面，就足以令他心頭一揪。讓這麼可愛的生物傷心，簡直是種萬惡不赦的罪過。

「伊迪亞。」蘿麗塔細細的聲音拉回伊迪亞的注意力，同時間，地道後方隱約傳來了「沙啦」的聲響，彷彿有塊小石頭剝落，「還在嗎？」

蘿麗塔問得沒頭沒尾，可伊迪亞明白她要問的是什麼，當下往斯利斐爾方向靠近，壓低音量，盡量以氣聲問話。

「那個，還在跟著嗎？」

斯利斐爾漠然地瞥視過去，那眼神像在質疑他居然有臉問出這種智障問題。

伊迪亞瑟縮了下肩膀，自動與斯利斐爾再次拉開距離。

他不知道翡翠是怎麼和這人相處的，又是如何讓對方認人爲主，他只知道一旦意識到斯利斐爾的存在後，在對方的身邊呼吸都感覺要小心翼翼，就好像有股無形的威壓隨時壓迫著他。

伊迪亞會這麼問的原因很簡單，就和蘿麗塔同樣的理由。

就在不久前，斯利斐爾透過某種特殊方法從翡翠那邊獲得了訊息——有頭魔物從圓形廣場的其中一個洞窟竄了出來，緊追在他們之後。

由於那魔物速度太快，翡翠甚至來不及看清對方模樣，也無法提供更多消息。

伊迪亞以爲那頭尾隨他們而來的魔物會很快現身，可到現在依舊不知它的眞面目。

對方安靜無聲地潛伏在闇影中，偶爾又會製造一點響動，不知道是有意還無意強調自己的存在，故意施加壓力。

即使伊迪亞多次回過頭，依然找不出那不明魔物是躲藏在何處窺視著他們，這狀態令人忍不住焦慮起來。

咬咬牙，伊迪亞決定再次克服對斯利斐爾的天然畏懼，「你知道它在哪嗎？」

「在我們後面。」斯利斐爾言簡意賅地說，「在下以為這是很明顯的事。」

「我的意思是……」

「它只是在狩獵，你知道野獸在狩獵前會做何準備嗎？」

斯利斐爾的反問讓伊迪亞登時心頭一懍，他自小在浮光密林長大，自然對野獸的習性相當熟悉。

野獸在狩獵前會做的事——觀察獵物，選定最好的時間點出手。

換句話說，那頭魔物現在只是在等待而已。

很快地，它等的那個時機到來了。

當伊迪亞兩人跑到一處地域稍廣、前方道路又分為多條路線的空地時，明明他們背後悄然無聲，可是伊迪亞卻猛然感到自己後頸的寒毛都豎起來了。

他二話不說地拔劍旋身朝右劈砍，猛烈的劍氣甚至在岩壁上留下一條切痕。

這個直覺和反擊可以說救了伊迪亞一命。

伊迪亞揮劍同時感覺到劍刃上傳來了一碰即退的觸感，其中夾雜著尖細的嘶叫。

偷襲失敗的魔物飛快回到上方岩壁，正式與伊迪亞一行人對上目光。

伊迪亞有心理準備會看到拼裝合成的奇美拉，可眼前所見是他萬萬沒料想到的。

這使得他腦中出現剎那空白，躲在他衣領間的蘿麗塔更是完全呆滯了，思緒像卡住的齒輪，無法運轉。

斯利斐爾嫌惡地彈了下舌尖，「連人類都用上了嗎？眞是低俗至極的品味。」

進入伊迪亞幾人視野內，趴掛在上方石壁的是一頭類似大蠍子的魔物。

從外觀看，它扁橢圓形的軀幹部呈現鐵灰色，極易與陰影、岩石融爲一體，一不留神就會忽略。尾部則是更深的黑色，簡直和影子差不多，幾乎看不見它挪移的方向，這往往讓人防不勝防。

會說「類似」，就代表它的外表還有異於蠍子的部分。它的背部竟長出數條觸手，末端分岔出更細更利的鬚絲，全都泛著鋼鐵般的光澤，彷彿無聲暗示堅硬非凡的質地。

但如果僅僅是這樣，絕不會讓兩名暗夜族陷入呆若木雞的震愕狀態。

就在巨蠍扭轉過來的頭部位置，赫然還有一顆屬於人的頭顱，棕黃色的長髮讓人想到陽光下的小麥田，蔚藍的眼睛如同晴朗的天空。

而那張稚氣臉孔上露出的笑容，曾經讓蘿麗塔覺得像太陽一樣溫暖，可是現在……卻讓她全身發寒。

暗夜族的小公主只覺得自己就像掉進了冬天結冰的湖水中，冷得她喘不過氣。

「啊啊……」金色的小蝙蝠發出了像啜泣般的破碎音節。

那是漢娜。

是漢娜啊……

細細的聲音在空曠的地道內被放大，也讓貼在上方的奇美拉，或者稱之爲「漢娜」的魔物咧開更大的笑容。

「蘿麗……塔……一起……玩……妳當洋娃娃……我……當……媽媽……」漢娜像幼兒牙牙學語般說著話，身體同時快如雷電地再次行動。

顯而易見，它鎖定了蘿麗塔，因此負責保護蘿麗塔的伊迪亞便成爲它的頭號攻擊目標。

只要斯利斐爾願意，所有生物都不會察覺到他的存在，漢娜自然也無視了他的身影。它從上方躍下，背上觸手蠕動，鬚絲分岔再分岔、延長再延長，宛如活物般抽打向伊迪亞。

伊迪亞想將蘿麗塔交給斯利斐爾照顧，可一時卻騰不出手，只能先咬牙面對漢娜如狂風驟雨的猛襲。

當他的注意力放至那些觸鬚和那對大螯的時候，闃黑的蠍尾猝不及防地甩動，像道闇色閃電就要從他背後逼近。

說時遲、那時快，一枚火球轟轟烈烈地砸向漢娜，吸引了它的注意力，也點燃了它的憤怒。

「看哪裡？看錯地方了！笨蛋笨蛋，妳長得好醜啊，珊瑚大人都想把眼睛閉起來了！」不知何時鑽出背包的珊瑚靈活地跳到斯利斐爾肩頭，在褐色大掌想抓來之前，又使勁跳躍到一塊石頭上，朝漢娜做起嘲弄的鬼臉。

「珍珠，就是現在！」瑪瑙坐在背包上，對爬出包包外的另一道迷你人影喊一聲。

「知道啦。」珍珠似乎不論何時都是溫溫吞吞的，不過動作可和緩慢劃不上等號。

原來小精靈們沿途上的悶不吭聲，都是為了偷偷溜出背包做準備。他們只是想回去找翡翠，卻碰巧撞上了找上門的魔物漢娜。

小精靈們達成了共識——這麼討厭的東西，當然不能留給翡翠處理，就由他們負責解決吧！

就連伊迪亞都來不及看清楚，待在他襟口的圓蝙蝠突然就被白光包圍，緊接著一小簇火苗如子彈疾竄而來，將白光連同包覆在裡面的蝙蝠打落。

第二發火焰子彈緊接而來，這次居然還轉了方向。先是擦撞到另一邊突出的岩石，再彈跳向白光的底部，借力使力，登時讓白光朝著斯利斐爾的方向飛彈起來。

三名小精靈合作無間，幾個眨眼間便行雲流水地完成一連串動作，成功讓包裹著蘿麗塔的白色光團落進斯利斐爾手上。

負責接手暗夜族公主並不在斯利斐爾預期的計畫內，但東西都飛過來了，他只好面無表情地伸出手，一把接住那個被白光包住的胖蝙蝠。

蘿麗塔整隻蝙蝠還是暈乎乎的，壓根不曉得發生什麼事。

「別想離開在下的視線，你們不會想知道在下會拿出什麼手段。」斯利斐爾一向不會插手瑪瑙他們的決定，但也對他們提出了但書。

伊迪亞和漢娜剛回過神來，就見蘿麗塔被斯利斐爾放入保護性極佳的背包內。

漢娜喉頭滾動，發出了困惑的咕嚕咕嚕聲。它想要鎖定把蘿麗塔偷走的那個人，但總會不由自主地被模糊目標。最後它晃晃腦袋，望了在場眾人一圈。

它嘴部咧開一道大大的弧度，得出一個結論，「都……死掉……就不會有人……跟我搶……我的……洋娃娃……」

「啊啊，聽不懂妳在說什麼！我要咻咻砰地把妳這個醜八怪打扁扁！」珊瑚眼裡燃起野蠻的火焰，朝豎起的食指吹了口氣，一簇緋火立即燃起，隨著她帥氣地比出「7」的手勢，火焰頓時像顆子彈射向漢娜。

漢娜不把這朵迷你火苗放在眼裡，它隨意擺動一根觸手，想把火苗拍熄。可沒想到火苗竟在瞬間壯大成灼烈火球，滾燙的火焰像要一口氣將它吞沒。

漢娜急急閃避，從地面快速再爬到上方。它想搜尋施放火焰的始作俑者，然而珊瑚的身形著實太過迷你，只要藏在陰影或岩石縫隙內，就難以找到她。

漢娜越發焦躁，它把火氣發洩在最好鎖定的伊迪亞身上，並放任背上的觸手胡亂在地道內像鞭子舞動，宛如一個鬧脾氣的小孩。

分裂眾多的鬚絲無孔不入地試圖入侵每一處角落。

珊瑚乾脆和那些鬚絲玩起了打帶跑的遊戲。

珍珠不想動，她選擇和瑪瑙坐在斯利斐爾的肩上，伸出另一隻手，掌心前旋動一個小魔法陣，爲他們這方張開了保護罩。

鋒利的大螯凶猛地朝伊迪亞揮下，飽含毒液的蠍尾專挑刁鑽角度偷襲。漢娜從喉嚨發出古怪高亢的音節，在這鑿出的空間裡迴響著，如同怪異的音樂。

漢娜不想理會那些微小敵人，但珊瑚時不時放出炎彈，烈火凝成的攻勢忽大忽小，往往令人措手不及。

且每一記火炎彈的高溫和侵蝕都爲它帶來不小傷害，讓它立即被狂怒席捲意識。

自從變成了不同的模樣後，漢娜的思維變得遲鈍許多。它沒辦法仔細分辨湧上的那些情緒，只能粗略地區分，這是憤怒、憤怒、憤怒。

讓它憤怒的東西，就殺掉！

赫見巨蠍的尾部忽地揚高，從它暗色的內側隱約出現了一點白，緊接著「噗溜」一聲，一顆蛋從它的後腹部生產下來。

不對，那不是蛋，而是包著一層薄薄白膜的幼蠍！

可以瞧見體型大約是人類足歲嬰兒的蠍子劃破白膜，從裡頭鑽出。

被產下的幼蠍不只一隻，更多的蛋掉了下來，啪啪啪地砸在地面上。

這畫面讓饒是身經百戰的伊迪亞也不禁爬上顫慄。

但接著更令他頭皮發麻的景象出現了——那些幼蠍竟全往他窸窸窣窣地爬來。

讓由自己產出的幼蠍圍擊伊迪亞，漢娜不再介意珊瑚的體型有多渺小，發誓要把對方從這地方揪出來，踩成肉泥。

「出來……出——來——」漢娜的大螯發出卡卡作響的聲音，像在恫嚇敵人。

那些被火球灼傷的部位迅速長出一層灰色薄膜，不僅能即時阻止血液外流和傷口擴大，似乎還有些許麻痺效果，讓它不再感受到疼痛。

它飛快移動步足，鬚絲和大螯發狂地朝所見之處展開攻擊，岩壁上處處是深深的刮痕和鑽鑿出的坑洞。

「你們，小心！」面對幼蠍棘手的圍攻，伊迪亞仍忍不住擔憂珊瑚幾人的狀況。

「珊瑚大人的心才不小，我心很——大的！」珊瑚哈哈大笑，冷不防由上跳下，踩在珍珠爲她製造出來的光壁之上。她雙手握緊，食指併攏，凶猛的火炎如漩渦匯集。

「珊瑚果然是笨蛋，翠翠再努力也提高不了她的智商了。」珍珠幽幽地嘆口氣，「眞遺憾。」

「沒關係，反正聰明和討翠翠喜歡有我就夠了。」一旦不在翡翠面前，瑪瑙就收起了甜甜的微笑和惹人心疼的眼淚，他面無表情地盯住陷入狂暴的漢娜。在珊瑚絆住漢娜的這段時間內，已足夠他將對方可能的能力解析出來，「準備好了嗎？」

「做好準備了，我要解開我們這邊的防護了——解。」珍珠話聲剛落，包圍在他們這方的保護罩即刻消失。

同一時間，一個新的光之箱出現在漢娜身周，將它封閉在內，讓它只能像無頭蒼蠅拚命往前撞擊，企圖撞出一個出口。

這還是珍珠頭一次嘗試把自己的防禦用來當成牢籠使用，囚禁的還是像巨蠍如此龐然的獵物。

她本來就白的小臉如今更是煞白，細密冷汗從額頭滲冒出來，可她仍然死命地支撐著光之箱。

瑪瑙隨即也採取了行動。

伊迪亞被幼蠍的攻擊纏住，無法分神察看另一端的動靜，只能從眼角餘光瞄見隱約有光芒出現。

光芒是從瑪瑙手中發出的，他雙手交握，如同祈禱姿勢，無數熒白光點飄出，轉眼飛入困住漢娜的結界裡，覆蓋它遍布全身的傷口上。

瑪瑙的能力是治癒，但這一次，那些和煦光點卻不是爲漢娜帶來希望，而是讓它如墜惡夢深淵。

「啊啊……啊啊啊！啊啊啊啊啊！」漢娜瞬間翻倒在地，之前長出的灰膜可以麻痺它的痛覺，可白光入侵後，那些由灰膜帶來的效果立刻消失得無影無蹤。

相反地，傷口擴散速度加劇，痛覺也一併被放大了。

被痛苦支配的漢娜頓時連衝撞結界的力氣也沒有，黑色蠍尾無力地垂在一旁。

「你知道瑪瑙做了什麼嗎？」珍珠仰頭看著斯利斐爾，「他只跟我說，他有個計畫，要我們一起配合就好。」

「在下認爲，他正在把他的能力以逆轉過來的方式使用。」斯利斐爾沉靜地說，「倘若簡單形容，就是惡化。」

當治癒成了惡化，救命良藥等同成爲了毒藥。

「換珊瑚大人我了！」一見漢娜像被抽光力氣，集結好火焰的珊瑚馬上收到信號，她爲自己的攻擊配了一個「砰」的聲音，食指前的大型火炎彈迅雷不及掩耳地朝著光之箱的方向發射。

珍珠立刻解除囚禁漢娜的牢籠，迷你的身子晃了晃，下一瞬被斯利斐爾穩穩扶住。

火炎彈狂暴地衝襲向漢娜，暗色身影一下就被緋紅覆蓋。

感受到母體危機的幼蠍本能地放棄伊迪亞，轉頭急急爬向漢娜，卻跟著被狂肆的火焰一塊吞沒。

使出這招，珊瑚也筋疲力盡地跌坐下來，像隻快被太陽曬昏的小狗，邊吐著舌頭邊搧著手。

瑪瑙的情況也和兩名同伴差不多，稚氣的臉蛋同樣找不到一絲血色，像個蒼白的雪娃娃。

「結……結束了吧？」珊瑚勉強再擠出一點力氣跳回到斯利斐爾身上。她看似粗枝大葉，但也知道當自己沒有自保能力的時候，唯有在斯利斐爾身邊才是最安全的。

直到趴在斯利斐爾的肩頭，珊瑚才虛脫似地吐出一口大氣，真正地放心下來。

伊迪亞看著漸漸被熊熊火焰吞噬的巨蠍，內心有些百感交集。同情或許是有的，畢竟任何人都不該被榮光會以這種瀆神的方式對待。

但……也僅僅是如此而已。

每個人都必須對自己做出的選擇負責，漢娜也不例外。

在斯利斐爾一時未察下，有個金色的圓滾滾物體從背包間縫爬了出來。

蘿麗塔一爬出包包外就往下掉，她趕忙拍拍翅膀，瞬間變成小女孩的姿態，背上依然保留著閃亮的金色蝠翼。

蘿麗塔不曉得背包外究竟發生什麼事，珍珠製造的光之箱隔絕大多聲音，她只能聽到一些意思不明的叫喊怒吼。

珊瑚的火焰這時也消隱下去，一個被燒成焦炭的物體進入了眾人眼內。

蘿麗塔顫了一下，小手無意識地緊緊揪住身旁伊迪亞的外袍下襬。

接著那堆焦黑色物體發出窸窣響動，一具瘦小的人形軀體竟從中慢慢地匍匐出來。

那是一名全身光裸的小女孩，身上遍布古怪的灰色黏液，再仔細一觀，就會發現她的皮膚和黏液摻融在一起了。

珊瑚被嚇得彈坐起來，「噫！她爲什麼還沒……」

「蘿麗塔……蘿麗塔……蘿麗塔……」漢娜呻吟著那個令它執著至今的名字。它的尾椎處延伸出一條漆黑的蠍尾，就連手腳也變得接近蠍子步足的形狀。它明顯只剩一口氣，卻還是執拗地朝著蘿麗塔的方向伸出尖細的手。

「好麻煩啊，會浪費時間的。」瑪瑙忽然有些厭煩地出聲，他的聲音很細，只有鄰近的珍珠聽見，「珍珠，把那個公主的耳朵摀起來。」

「你眞會壓榨人，當心我跟翠翠告狀。」珍珠說話的語調比平時更慢了。

「那我就先哭給翠翠看囉。」瑪瑙揉揉眼角，讓雙眼迅速發紅，可愛的小臉馬上成了泫然欲泣的模樣。

蘿麗塔忽然茫然地瞪大眼，不知道爲什麼周遭聲音都消失了。

「怎麼辦？怎麼辦？」珊瑚整張臉皺了起來。之前漢娜還是大蠍子的模樣，她打得毫不猶豫，現在對方是以有些變異的小女孩形象出現，她一時陷入了苦惱，「珊瑚大人不打小孩的，翠翠也不會想看我們對小孩子出手吧，這樣是不是不好啊……」

「誰說的？」瑪瑙這時終於第一次綻開了笑容，他的笑是那麼甜、那麼軟，可他金澄色的眼睛毫無溫度，「只要在翠翠面前扮演成他喜歡的樣子就好啦，其他人會怎樣跟我又有什麼關係？」

伊迪亞看著那張小小的笑臉，背後不禁爬上一股毛骨悚然。

「蘿麗塔……我真的……想跟妳……當好朋友……」曾經的小女孩、如今的魔物，對著神情迷茫的蘿麗塔嘶啞地說，「但我也……好想……」

沒人知曉它後面要說什麼。

它再也說不出口了。

漢娜張著一雙無神渙散的眼睛，靜靜地躺在石地上，手還維持著朝前探出的姿勢，呼吸卻已徹底停止。

蘿麗塔什麼也沒聽見，她眨眨眼，小臉似乎有著迷惑，但眼眶在不知不覺中已染成通紅。

「漢娜……」蘿麗塔喃喃地說著這兩個字，或許連她自己也不知道接下去該說些什麼。

伊迪亞蹲下身，溫柔地將他小小的公主殿下抱進懷裡，給人安全感的寬厚大掌輕輕摸著她的頭。

「沒關係的，殿下。等我們回去之後，一切都會變好的。陛下、佩琪、加爾罕，還有更多的人都在等著妳回去，妳現在不須要想太多，一切都會好的。」

蘿麗塔把臉埋進伊迪亞的衣襟處，她小小聲地「嗯」了一聲，像是在對伊迪亞做出回應。

一切都會變好的。

瑪瑙揉揉臉頰，對漢娜的結局和蘿麗塔的反應都沒興趣，他只關心一個問題。

「翠翠不知道怎樣了呢……」

✣✣✣

從那麼高的地方直直墜落，翡翠以爲自己可能會摔成一團血肉模糊，殘破不堪。

但最終迎接他的卻是讓人意外的柔軟觸感。

然後繼續往下沉入……再沉入……

他驚訝萬分地睜開眼睛，發現自己掉進一個奇特的藍綠色未知空間，身上嚴重的傷勢不知不覺已恢復泰半，虛脫和疲累感減輕不少。

放眼望去，那些藍綠色東西就像是某種凝膠，呈現半液體、半固體的狀態。

跟著一同掉下來的岩塊緩緩地被分解成細小粒子，最後消失不見，像是被吸收殆盡，但光榮之池的水卻是在翡翠眼前化成古怪的黑色黏稠物。

簡直就像是水溝底的爛泥，即使聞不到散發出的氣味，也本能感覺它惡臭不堪。

翡翠驚疑不定地看著那些如今不能稱作水的東西。

他的腦中原本閃過無數揣測。

他想著這地方又是榮光會的其他祕密基地嗎？這些果凍般的藍綠色物體也是他們弄出來的某種實驗品嗎？他們還想研究出什麼？他們的野心究竟到了何種程度？

可是當他目睹了光榮之池的水化作黑泥的一幕，這些猜測都自動散逸。

不管榮光會有何目的，他實在不信那些人會樂意把這本質如此噁心的東西喝下肚。除非他們瘋了，或者有某種不可告人的癖好。

幸好那些黑泥沉入後就像被凝固住，不會隨意四散，起碼翡翠不用擔心那些噁心的東西會沾到自己身上。

除了那些跟他一塊掉下的東西外，不管是上看下看，左看右看，四周都是被令人聯想到清爽果凍的藍綠物體佔據。它們的色澤或深或淺，重重疊疊，讓人看不清這個空間的終點究竟在哪裡。

但奇異的是，他身陷這堆膠狀物之中卻還能順暢呼吸，眨眼也不覺有什麼問題。怎麼回事？翡翠嘗試地動動手腳，發現自己可以活動，就是比平常多了幾分阻力，變得有點遲緩。

確定安全無虞，翡翠開始仔細地觀察起四周，放眼望去還是一片藍綠色，似乎沒有絲毫的不同……不對。

翡翠霍地瞪大眼，他不確定是先前漏看了，還是此刻才出現，但他的視野內映入了一小簇金亮的火焰。

他使勁地踢動雙腳，把自己想成在游泳，避開那些四散的黑泥，朝著光芒源頭奮力游去。

等到翡翠接近那簇金色存在，才赫然發現那並非是火焰，而是一滴不到指甲大小的金黃色水滴。

它的光芒何其耀眼，宛若太陽遺留了碎片在這裡，才能在如此遠的距離下依然緊緊攫住翡翠的目光。

翡翠不知不覺地伸出手，隨著他指尖穿透金光，碰觸上那顆金色水滴的剎那間——

絕不會錯認的聲音毫無波瀾地在翡翠腦海中響起。

世界意志朝他發出了宣告。

「任務發布，請將眞神之血吞入體內。」世界意志的聲音反常地中斷數秒，復而響起，「……抑或是，留在身上。」

翡翠茫然地眨眨眼，他居然眞的在這觸發了後續任務？那豈不就是說明，這奇怪的地方是眞神泡澡用的浴池！

「斯利斐爾，眞神是什麼怪癖好啊，竟然喜歡在這種地方泡澡？」翡翠不禁在腦中對著這個私人頻道內的唯一同伴瘋狂吐槽。

但不曉得是何緣故，斯利斐爾沒有傳來回應。

翡翠一愣。按慣例只要涉及眞神，依斯利斐爾的個性，不可能不用辛辣的言語反擊。假如他沉默不回，那恐怕就是他沒空回應，或是……

他根本接收不到自己的訊息。

自來到這個異界大陸後，無論是不是隻身一人，翡翠無時無刻都能和斯利斐爾保持聯繫。對方一向平淡無波的聲音無形中總能讓他感到安心，讓他知道旁邊還有同伴。

但在這個當下，他第一次體會到何謂眞正意義上的孤獨。

他的大腦內變得異常安靜，靜得讓他一時難以適應。

這前所未有的滋味讓翡翠足足慢了好幾拍，才反應過來這是世界意志第一次提出了非單一選項。

「怎麼回事？爲什麼會是選擇題？」翡翠在自己的意識中質問起世界意志，後者未曾給他一絲回應，安靜得像是從來不曾存在。

翡翠不死心地又追問幾次，發現大腦再沒有其他聲音冒出後，有些不滿地咂下舌。

他最討厭這種不肯好好說明，非得吊人胃口的態度了，偏偏還拿對方毫無辦法。

對方是這個世界的意志，他連看都看不著，難道還能痛打它一頓嗎？

沒辦法向世界意志發洩這股憋屈的悶氣，翡翠揉揉臉頰，重新尋回自己的理智。只要不牽扯到美食，他總能很快地冷靜下來。

他逐一分析，斯利斐爾曾說過，世界任務都會有其意義，就算一時不顯，之後也會攤展在他的眼前。

假如眞的非要他吞下眞神之血才算達成任務，那麼世界意志就不該又加上後面的補充。也就是說……

翡翠當下心裡有了主意。

那就不吞，先留著！

隨著他果斷往前伸出手，一把抓住那滴眞神之血，異狀霎時發生了。

金血融解，如植物藤蔓陷入他的掌心，彷彿成爲他與生俱有的金紋，緊接著一股洶湧金光從掌心乍然迸裂，龐大的光芒擴散，將他整個人包圍在裡面。

刺眼的光線和尖銳的喇叭聲在腦內炸開，就像是被投入一顆引爆的炸彈。

那是翡翠唯一記得的最後印象。

接著像有人按下了快速倒轉鍵，逼近的白光轉眼退去，高分貝的聲響跟著遠離，一切都像影片回放。

人與物的色彩隨著高速倒退交雜融合，成了讓人頭暈眼花的一片斑斕。

翡翠在下一秒感覺到自己被一股驚人力量大力拖拽進某個人的體內，然後所有聲音化爲寂靜，眼前先是一黑，立刻又恢復各種顏色。

翡翠困惑又震驚地望著眼前的畫面。

不久前他還在異世的法法依特大陸，在瓦倫蒂亞黑市的地下祕密基地展開逃亡；然而這一刻，他竟身處在自己熟悉又陌生的地方。

熟悉，是那些高樓大廈、車水馬龍，人手一支智慧型手機的都市景象。

陌生，是他對看到的一切都毫無記憶。

他不記得這是哪裡，又是爲什麼會待在這裡？

他手裡也正握著一支手機，暗下的螢幕映出了一張臉，和他在法法依特大陸擁有的

快的笑臉。

「○○，你在這幹嘛？」同學的口形似乎在喊另一個名字，但進入他耳中時，卻自動轉化成了「翡翠」兩字，「今天底下還是穿裙子嗎？」

翡翠是……喔對，翡翠是他自己沒錯。

「你們以爲我會告訴你們嗎？」他冷漠地斜睨回去，然後猝不及防地把自己的學士服袍角掀起，露出底下的七分褲。看著同學呆愣的臉，他大笑起來，絲毫沒了先前的高冷，「當然是穿褲子！裙子穿那麼久了，我都要畢業了，總算可以換回自己想穿的。」

「但你不是說家裡替你算命，要到你畢業才能不用穿裙子？」

「我知道、我知道，我阿祖有說過，以前小孩子不好養就會穿女裝，當成女孩子養大，翡翠家就是這樣吧。」

「嗄？這不是迷信嗎？我還以爲翡翠是眞的熱愛小裙子耶，我都打算生日咬牙花錢送他一件了。」

「都穿學士服了，和畢業也差不多了吧。」面對同學們七嘴八舌的追問，他聳聳肩膀，眼裡則流露一抹狡黠，「啊，不過小裙子生日時還是要送，我可不會當沒聽見的啊。還有大餐、大餐！燒肉、火鍋、牛排、串燒、披薩、義大利麵、法式料理、日式料理……只要好吃我都行！所以大餐絕對是最重要的！」

「知道啦，吃的一定不會少，因爲翡翠你是美食國國王嘛！哈哈哈！」

明明只是一般的笑鬧，但體內就像有個幫浦不斷打出氣泡，讓愉快源源不絕地飄出他的心頭。

大家一路嘻嘻哈哈地回到高中，他們主要是想在門口拍照片留念，將「繁星高中」四個大字納入相片裡。

警衛大叔是個好人，熱心地幫他們拍照，那抓角度的專業姿勢簡直就像個拍照達人，對方一身筆挺的黑色制服讓翡翠忍不住想起了自家老爸。

拍完照後他們仍不想換下學士服，有人嚷著想喝冰拿鐵，正好繁星高中對面的三角窗位置就是一間超商。

「翡翠你眞的不要一杯？現在第二杯有打折耶，可以一起湊啊！」

「才不要！」他熱愛一切美食，但這間的咖啡實在不合他胃口，又苦又酸，從在繁星高中就讀時，他就對這裡的咖啡敬而遠之。

店內冷氣太強，吹得他頭痛，他乾脆獨自待在外面騎樓，順便玩個手機小遊戲。

意外就是在刹那間發生的。

相信每個人都曾在電視或網路、報紙上看到過「某姓駕駛貪快闖紅燈，無辜行人反遭受害」這一類的新聞。

但往往看過便拋之腦後，誰也不會覺得那種事情會發生在自己身上。

翡翠也是這麼想的，他從來沒想過自己有一天會成爲那個無辜行人。

他明明只是站在超商的騎樓下等同學出來，冷不防就迎來一片刺眼光線，讓他一時睜不開眼。震耳欲聾的喇叭聲覆蓋過所有，反倒使得耳內一下子失去其他聲音。

在這極短片刻裡，他就像是陷入某種恍惚狀態，什麼也聽不到，什麼也感受不到，彷彿突然置身在一齣默劇裡。

然後就在下一秒，所有聲音、知覺如大浪席捲而來，疼痛和無數聲響一口氣炸開。

眾多聲音巨大得像要刺穿他的耳膜，可怕的劇痛則如一把烈火點著他的身體各處，疼得彷彿要連他的腦子一併攪爛。

「啊啊……」他以爲自己在放聲號叫，因爲眞的太痛了，但他發出的其實是斷續微弱的呻吟。

痛楚死命撕扯著他的神經，足足過了好半晌，他才遲鈍地意識到自己的身上究竟發生什麼事。

失速的貨車直直撞過來，站在超商騎樓裡的他成爲唯一被波及的行人。他被死死地夾在車頭和牆壁之間，斷裂垂下的照後鏡正好映出他鮮血淋漓的臉。

「翡翠！翡翠!?」

「叫救護車了嗎？快叫救護車！」

「誰來幫幫忙……拜託誰來救救我同學！」

誰的尖叫和哭喊在他耳邊此起彼落地迴響，然後又變得模模糊糊，像被隔在一層氣泡之外。

他還看到對面的學校警衛跟著衝了過來，試圖加入搶救的行列。

他看不清對方的臉，只記得那套黑色制服讓他想起老爸上班必須穿的黑西裝。

老爸是長什麼樣子？不記得了，老爸的臉也是一團模糊。

他的手機掉在地上，螢幕上攀附著蛛網般的裂痕，本來暗下的畫面卻無預警亮起，等待通話的圖案跳了出來，頭像下寫著兩個字。

血流進他的眼中，他漸漸渙散的視線看不清是什麼字，只能隱約見到頭像是件黑西裝。

啊，是老爸啊。

如果能活下來，他一定會告訴老爸，以前曾經喊過的「我最討厭爸爸了」都是開玩笑的，他眞的從來沒有……

他張開嘴，試圖擠出一些字句，但從嘴巴內嗆溢出的是一股股血沫，可能還有內臟碎片。

好痛好痛好痛好痛！

好痛痛痛痛痛痛痛痛痛痛痛痛痛痛痛痛！

爲什麼會那麼痛痛痛痛痛痛痛！

他要死了嗎？

但他不想死啊！

控制不住的淚水從眼眶裡淌落下來，越掉越凶，和他臉上的鮮血糊成一片，血液猶在持續滴滴答答地落下。

一滴鮮血砸墜在地板上，濺成更多細小血珠的剎那間，時間倏地凝固不動，再如鏡花水月盡數破碎。

時間重新流動。

翡翠迷茫地眨眨眼，發現自己飄了起來。

他低頭俯望下方，慘烈的車禍現場外包圍著人群，穿著學士服的同學傷心欲絕地嚎啕大哭，有人甚至腿軟地跌跪在地。

「自己」卻還被夾在車頭與牆壁之間，只是染成一片暗紅的胸口已停止起伏，再也沒有動靜。

他這是……死掉了嗎？

沒有呼吸、沒有心跳，就連靈魂都跑出來了，只能看著自己的屍體動也不動地躺在那裡，模樣還很淒慘。

太難看了，他平常那麼愛乾淨，不管出門或在家都要把自己打理得清清爽爽，誰想到有一天他會差點連自己也認不出來。

翡翠想要自嘲幾聲，然而喉頭就像哽了灼燙的鐵塊，讓所有聲音都發不出來。

他低頭看了看乾淨的雙手，再望向正被消防人員試圖從車頭、牆壁之間挪開的「自己」——穿著學士服，身體多處凹陷，沾滿血污。

黑髮青年再也沒有比這一刻更強烈地認知到，自己死了。

死亡就是再也不能活著見到家人和朋友。

他都和老大說好要去他們那當正式員工了，以後跟自家老爸也算是同事，說不定哪天就幹掉老爸換他當上司。

要好的一票學長姊為了慶祝他就職，還約好輪流請他吃飯一個月，他都擬好餐廳名單了，全是他想吃得不得了的食物。

那些好吃的美食明明都離他那麼近了，只要再一陣子，再一陣子就能吃到。

他本該在這一天之後踏上新的人生道路，他會有一份正式工作，會認識更多人，吃到更多好吃的，然後接觸到更寬廣多采的世界。

也許會快樂，也許會傷心，也許會鬱悶，也許會瀟灑恣意。

但是再也沒有「這一天之後」了。

再也沒有更多的「也許」了。

他的未來在這一刻註定被劃下了休止符。

他想要落下淚水，可靈魂無法再哭泣。

就在下一剎那，翡翠猛然發覺自己的身影越來越淡，似乎隨時都會被風吹得一點也不剩，永遠消失在這個世界上，恐懼和絕望立刻狠狠攫住了他的心頭。

不不不，他不想死！

他一點也不想死，他想活下去！

不管需要交換什麼，不管付出什麼都好，他想活下去，活在這個有他重視的人事物的世界裡啊——

他傾盡全力地哀號出聲，屍體上刺眼的血色漫天覆蓋住他的視野，他感覺到靈魂最深處有什麼瞬間斷裂了。

他看不見自己的心口平空生出一條黑線，黑線轉眼暴脹，一下越過他浮空的雙腳。

他更看不見地面下忽然有眾多詭異湧動的黑影，它們暴衝而起，卻獨獨只有一個怪異之物咬住那條垂墜下來的長長黑線。

那全身漆黑的怪異之物就像一條黑色大魚，緊緊咬住黑線末端，在高空扭轉身勢。

突然覆蓋在上方的陰影讓黑髮青年反射性仰高頭，他望見的不是藍天也不是陽光，劇烈收縮的瞳孔內倒映出混沌般的黑影，隱隱能窺見裡頭閃爍著兩點猩紅的不祥光芒。

然後他被黑影一口吞下。

黑暗包覆了他的全身，對外的感官一律被隔絕，靈魂中彷彿有個看不見的存在瘋狂撕扯著他的意識，想和他爭奪掌控權。

翡翠知道自己該對這怪異的黑影很熟悉，一個名字都來到他的舌尖上了，卻始終喊不出來。

但不論能不能叫得出這東西的名字，他的潛意識都在告訴他，絕對不可以把掌控權讓出去。縱使只剩靈魂，也不能讓對方得逞。

翡翠感到痛苦、絕望，還有不能放棄的堅持在拉扯著他，他想放聲尖叫，因爲眞的太痛了，就跟他嘗到死亡的瞬間一樣痛。

就在他以爲他或許要失敗的時候，靈魂內的黑影忽地放鬆了糾纏的力道。

他能察覺黑影在奮力掙扎，並不願意從自己體內離開。但它此刻遇上的狀態就猶如被拔開塞子的水池，只能不斷嘩啦嘩啦地往外流洩。

翡翠完全不曉得發生了什麼事，他感覺到黑影正被某股不明外力扯走，就連自己也受到那股力量的牽引，無法控制地朝某個方向飄飛過去。

隨著藍天重現，他也看見了那個未知力量的源頭。他駭然地瞪大眼，看著畢生沒見過的光景。

力量的源頭竟是一道從湛藍天幕中撕裂開的縫隙，裡頭盤旋著混沌的幽暗，絲狀的銀白光芒閃爍不斷，像是雷電橫飛縱走。

裂縫像是天空上驟然出現的猙獰傷口，可底下沒有任何人發現到異常。就好像只有自己、自己體內不停被抽離的黑影，還有更多從地面下竄出的黑影受到了影響。

就在最後一絲黑色物質從自己體內抽除的瞬間，翡翠忽地感到前所未有的平靜。他的痛苦、絕望、憤怒……那些灼燙得像能燒盡世間一切的東西，都跟著冷卻，消失得一點也不剩。

它們好似打從一開始就不曾存在過。

地面的青年屍體被放進屍袋裡，撕心裂肺般的哭號仍在周圍徘徊不散。

但這些跟翡翠似乎都沒了關係，他不再掙扎，而是任憑天空的裂縫把自己和黑影們一同吞沒。

然後他被看不見的絲線拉扯、牽引，像顆流星墜落，直到跌進一個只有純白的空間裡面。

他和原來的世界至此切斷連繫。

翡翠從閉眼到睜眼只是一瞬的事，紫眸平靜，眼下的三顆寶石彷彿靜止的淚珠。

他記得這裡了，於是接下來發生的事就像重走一遍流程。

他像被關在一個白色的箱子裡，身上披掛著寬鬆的長袍，前方是一顆浮起的銀色光團，光團發出冷淡矜持的男聲，為他介紹這個新世界。

而他態度平淡，像是不在意能不能回到原來世界，不在意能不能重拾前世記憶，更不在意能不能……繼續活下去。

那些本該能支撐一個人存活下去的東西，他都漠不關心。

所以不管前面話題的鋪綴有多可笑，唯有那一句回答是發自眞心的。

「我選擇死亡。」

翡翠笑了起來，彷彿想狠狠奚落、嘲諷自己地大聲笑起。

在這一刻，他終於明白自己爲什麼會不畏懼死亡。

啊啊，原來不是他有多勇敢或多無所謂，只不過是——

他早就被剝除了對「求生」的欲望。

第11章

耳邊猛然傳來像是氣泡破裂的聲音，同時一股失速的踩空感讓翡翠身子重重一震，他霍地睜開雙眼。

睜得大大的紫眸內映出色調沉悶的凹凸岩壁，身下是堅硬不平的觸感。

他真正從夢中醒過來了，回到了法法依特大陸的現實裡。

翡翠飛快跳起，這個動作撕扯到他身上的傷口，他只是皺皺眉頭，沒管那些又迸流而出的鮮血。

他發現自己似乎待在一個大得要命的坑洞裡，從下往上看，很難判斷出是不是仍在那個鬥獸場底部。

他使勁昂起脖子盯住最高處，無奈距離實在太遠，即便精靈擁有優秀的視力，也無法看出穹頂有沒有一道通到外界的小縫，更別說是否灑下細絲般的月光。

雖然按照正常邏輯來說，他一路往上爬應該能回到原來位置，但只要想到自己曾待過的藍綠色神祕空間，他就覺得還是別跟一個魔法世界講邏輯吧。

翡翠放棄追究自己是否還在原來位置的下層，直接把「爬上去」列爲最優先事項。

他拖著一身傷的身體往上爬，直到爬上一塊突出的大型岩塊才暫作休息。

他大口大口地喘著氣，低頭向下探望，看到自己先前待著的是一個大得超乎想像的凹坑，裡面沒有藍綠色的膠狀物，也沒有黏稠噁爛的黑泥。

就只是一個普通的大坑。

不久前發生的事猶如幻夢一場，但那些場景依舊歷歷在目。

翡翠將磨擦出諸多傷痕的右手掌心攤開，變成金線纏繞在上的眞神之血，是唯一能夠證明那些都不是夢的證據。

他眞的進入了過去的片段記憶裡。

翡翠想伸手抹把臉，但抬起的手又硬生生停住。他認命地從口袋內翻出一條乾淨的手帕，總算是把儀容稍微打理得清爽一點。

小傷口不用太擔心，等他和斯利斐爾幾人會合後，那些小傷大概也好得差不多了。

至於那些沒被藍綠凝膠治好的較大、較重一些的傷勢，就只能放著不管，好在也不會危及生命。

只希望瑪瑙見了別掉眼淚。

想到那張軟嫩的包子臉噙著豆大的淚珠、眼睛紅通通的，翡翠就感到一陣心疼。

「斯利斐爾、斯利斐爾，你們那邊情況怎樣了？」翡翠再次試著和斯利斐爾聯繫，

「我算是……完成世界任務了吧。」

「在下確實聽到世界意志的聲音了。」這一次通訊恢復了正常，不再受到阻礙。

僅僅隔了那麼一小段時間，翡翠已對斯利斐爾平淡到漠然的聲音充滿懷念。

「我的天，斯利斐爾我眞的想死你了！」翡翠感動地說。

「您撞壞腦子了嗎？」斯利斐爾有禮貌地詢問。

熟悉的語氣、熟悉的毒舌，果然還是那個熟悉的斯利斐爾。

「你那邊情況怎樣了，瑪瑙、珍珠、珊瑚他們都還好嗎？」翡翠決定大度地原諒對方，「你們逃出去了嗎？」

「小精靈們都很好，我們並沒有逃出去。」斯利斐爾一板一眼地回答翡翠的問題，

「我們仍在地底下，因為在下先前遲遲聯絡不上您，導致我們難以有進一步的行動。」

「聽起來這不是我的錯吧，不是說好先讓蘿麗塔他們逃到外面去的？」

「暗夜族不想拋棄同伴。」

「啊，我明白了……那路那利他們有跟你們聯絡上了嗎？」

「如果您指的是路那利花了整整五分鐘在惡毒地詛咒我們居然和您分開這件事情上，那麼就算是有聯絡了。」

「呃，這跟我也沒關係，不能怪我頭上。」翡翠馬上置身事外，「總之我這邊的麻煩應該是都解決完畢了，那我們要怎麼……」

「雖然不知道關於世界任務的選擇，您是選了哪一個，但眞神之血在您身上對吧，在下能感應到熟悉的能量波動。」

「對，聽起來你有辦法藉此找到我的位置。」

「您可以把『聽起來』三個字摘掉。」

聽到斯利斐爾這麼說，翡翠鬆了口氣。能夠心電感應的確相當方便，但當兩人分隔遙遠，所處地方還是一座大得驚人的地下迷宮時，只靠意識溝通要在短時間內順利會合就有點困難了。

幸好有真神之血在，也幸好斯利斐爾是真神代理人。

「至於之前，反正就是被屏蔽了，不是我故意不聯絡你，詳細部分等我們見面再說吧……我覺得我需要時間緩和一下。」

也許是翡翠的語氣難得流露脆弱，斯利斐爾沒有追問，而是回予了接近關心的一句話。

「在下明白了，您自己一人務必多加留意，在下不想真的為您收屍。」

「哈，還有瑪瑙、珍珠、珊瑚在，還有你在，沒事我不會找死的。」

回想起小精靈們惹人憐愛的模樣，翡翠只覺心靈上的疲累都被治癒，嘴角不自覺地彎起一抹柔軟的弧度。

真希望能快點見到他們，再分別給他們一個額頭親親。

翡翠這時也總算明白自己面對死亡為什麼會一副輕慢隨性的態度，對吃的執著為什麼又會如此異於常人。

那個烏漆墨黑的東西在離開他的靈魂時，也把他當時最強烈的欲望剝除了——他的求生欲。

沒了第一欲望，被擺在第二的食欲自然而然就晉升到優先位置。

但也還好有小精靈們在，他們的存在如同一組船錨，讓就算缺失了求生欲的他，也能牢牢地被穩固在這個世界上。

只不過那些把欲望帶走的，究竟是什麼鬼東西？

翡翠只接觸了那部分片段的記憶。

他感覺自己確實是知道的，可也許是記憶尚未完全恢復的關係，很多東西在那個片段裡都是以一種含糊的方式呈現。

例如他的本名，例如他家人和學長姊的長相，例如那些黑影的名字。

當時以他的視角來看，只看到黑影從上往下地將他一口吞了。

等到黑影從他體內撤退，他看到蔚藍的天空頂端不知何時撕開一條歪七扭八的粗大裂縫，乍看下像是有一條醜陋的傷疤留在天空上。

裂縫深處不停傳來猛烈的吸力，不僅把他體內的黑影拔除出來，就連他自己、連那些從地底竄到空中的更多黑影也被一併吸了進去，連逃離的機會也沒有。

再然後……翡翠就真的毫無印象了，他對前世的記憶就此被中斷，再回復意識已是身處在眞神代理人的純白空間內。

現在回想起來，那條裂縫想必就是通往法法依特大陸的通道吧。斯利斐爾當初曾說過，是眞神的力量把他待在原世界的靈魂拉過來。

只不過眞神恐怕也沒想到，祂們的這個舉動會連帶也把那些怪異之物一起拉來。

結合之前作過的夢，翡翠猜想黑影或許是一種妖怪，它可能會把亡靈吞掉，再把最強烈的欲望拿走……吧。

隱約間，翡翠總覺得有哪裡不對勁，只可惜在線索嚴重不足的情況下，他想破腦袋也想不出來，於是他換了一條思路。

眞神把他拉過來，他重生成爲了精靈王。

那麼那些黑影呢？那些可能是他原世界某種妖怪的黑影呢？它們現在在哪裡？

眞神到底知不知道那些黑影的存在？

而他的世界和異世之間的通道……眞的，就只開過那麼一次嗎？

翡翠感覺自己碰觸到某種眞相的邊緣了，卻缺乏更進一步推論的線索。他和眞相之間就像隔著一扇門，只要門不開，他就無法眞正知曉。

最後他放棄再想了。

媽的，想到頭痛，腦袋還是想吃的就好。

翡翠吐出一大口氣，感覺有些疲憊了。他想靠著石壁休息一下，卻萬萬沒想到他的重量才剛往壁面壓上，後頭猛地失去支撐，整個人往後倒了下去。

岩壁後赫然藏著一條往下的坡道。

翡翠連罵髒話的力氣都沒有了，他放空腦袋，任憑自己一路滾到最底端，直到撞上硬物才終於停下。

他揉揉撞得發暈的腦袋，從地上一骨碌爬起，想弄清自己目前狀況。

翡翠發現自己如今置身在一間石室中，扣掉他滾下來的上方出入口，還有兩扇門。

一扇門上開著一個半月形小窗，門板上還繪製著複雜的圖紋，讓人一看就覺得嚴禁擅闖；另一扇看起來則是普通的金屬門，上頭有著多重大鎖。

翡翠自然先挑了那扇相較下危險度低一點的金屬門，鎖從他這方就能打開，打開後也沒觸發任何警報。

確定門後沒有可疑聲響，翡翠輕輕地推開門，探頭觀察狀況，見到的卻又是一條通道。

「我之後起碼三個月都不想到地底下了……」年輕的精靈王嘀咕著，將門再掩上，鎖也一道道地重新上好，避免之後要是有敵人想進來，也能為自己爭取更多時間。

雖說這間石室看不出有什麼特別的，但會用上那種有著多重大鎖的金屬門板，代表裡頭一定有其重要性，而另一扇門後之物受到的重視程度更加不言而喻了。

翡翠踮高腳尖，探頭朝半月形窗戶看進去。這一看，他忍不住頭皮發麻。

即使只能看到部分景象，也足夠他猜出門後究竟是什麼地方了。

岩石鑿成的天花板和牆壁上刻著無數密密麻麻的魔法陣，地面遍布管線，這些線路最後都接到牆邊的巨大培養槽上。

多座培養槽整齊排列著，裡頭注滿古怪的藍色液體。從翡翠的角度看過去，可以看見有的浸泡著魔物，有的浸泡著人類，還有的連他也難以描述出來，就像殘缺的肉塊。

翡翠不禁抽了一口氣，門後如果不是奇美拉的實驗室，他就把桑回的羊毛拔光，然後做成烤全羊吞下肚！

翡翠試圖靠得更近，好將裡面的景象看得更清楚，當然他也沒忘記繼續謹慎地和那扇門保持距離。

可事情往往會出點不如預期的意外。

翡翠剛挪動腳步，就聽見了一聲「喀噠」聲。

當他隨著聲音反射性低下頭，映入視野內的是平空浮現在他腳下的螢光綠魔法陣。

而他的左腳，正不偏不倚地踩在那個魔法陣的正中央。

「要死……」翡翠咂了下舌，右腳往後一退，結果同樣的聲響再度進入他耳中，他可不認爲這聲音會給自己帶來什麼好兆頭。

果然，他的預感是正確的。

翡翠維持姿勢扭過頭去，一聲髒話再也忍不住地冒出來，「啊——幹！」

又一個螢光綠魔法陣出現，同樣由雙層同心圓組成，而這次換他的右腳踏在了那個陣法的中心點上。

魔法陣由兩個同心圓構成，外圈的圖紋猶如星象，內圈則是翡翠看不懂的古怪符號和線條。

翡翠剛一試探性地稍微抬起腳跟，立刻瞥見魔法陣外層的星象圖紋頓如波浪升起降下，波動甚至逐漸加強，簡直像進入了準備啓動的狀態。

翡翠心知不妙，腳跟連忙再放回去，魔法陣登時平息下來，所有符紋安安靜靜地待在原本的位置上。

這下子，翡翠再也不敢隨意動彈，就怕只要那麼一動，魔法陣可能會引發無法挽救的後果。

他現在的處境堪比踩在兩顆地雷上，壓根動彈不得。

「喂喂，斯利斐爾。」翡翠重新打開與斯利斐爾的頻道，「拜託加快一下速度，要是能瞬間移動過來我這就更好了。」

「大白天的您還是別作夢吧，您那邊發生什麼事了？」斯利斐爾從翡翠的語氣中察覺到不對勁。

翡翠看看前面又看看後面，想到自己得保持同個姿勢直到斯利斐爾他們趕來救援，不禁露出了一臉厭世又無奈的表情。

「……啊，大概是隨時會不小心死掉的麻煩事吧。」

✣✣✣

榮光會的拍賣會出大事的消息隨著大廳裡的魔物暴走脫逃，早就壓不下去，如今會所內一片動盪不安，到處都陷入了混亂。

一旦最外圍的防線也失守，讓發狂的眾多魔物跑到瓦倫蒂亞黑市的街道上，那麼後果將不堪設想。

而造成這一切的始作俑者卻毫在不意。

縹碧與倉皇奔跑的人群逆向而行，他的行進依然優雅，不疾不徐地拾階而上。

如今能坐鎮的主事者不在現場，底下人員頓時群龍無首，成了一盤散沙。本該戒備森嚴的上方樓層更是門戶大開，壓根不見有人留守。

跟著戒指的指引，縹碧走上二樓、三樓，穿過長長的走廊，找到了一間藏得隱祕的書房。

以戒指作爲感應，門扇自動開啓，房內陳列多個書架，架上也擺滿了書。可只要隨便拿起一本，就會發現重心不對，不是書籍該有的實心感，反而像是裝著東西的盒子。

縹碧屈起食指，戒指上的蛇眼對著書架層層掃描過去，直到照向最左邊的第三層、第三個書盒，璀璨的紅寶石突地射出紅光，匯聚在那個盒子上面。

「啊，原來在這個地方。」縹碧欲將那個毫不起眼的盒子拿起，卻發現書盒固定在牆壁上。他挑挑眉，在確認過盒子不用整個拿下也能開啓後，直接將書盒打開，這才理解爲什麼書盒是固定在牆上。

嚴格來說，是盒裡的東西和岩壁接連在一起。

那是一顆銀色的蛇頭，就和他戴在手指上的戒指圖騰相同，眼珠由紅寶石鑲嵌，只不過露出獠牙的嘴內沒有銜咬著三片金葉，像在等著什麼東西放進去塡補。

縹碧瞇了瞇眼，先將戒指放入，蛇頭沒有反應。

他將戒指取出，半晌後改將自己的一根手指探進去。

紅光一閃，蛇口瞬間閉合。

理應不會被外物碰觸到的靈，竟然被銀蛇咬住了。

蛇口內有無數幽綠光絲纏繞上縹碧的手指，甚至滲入他的體內，和他的靈體嵌纏在一起。

辨識成功。

啓動。

確認。

縹碧分不清是誰在說話，或許是自己，或許是他的創造者，兩道嗓音疊合在一塊，在他的意識中產生了鳴響。

「你好，縹碧。」

「你好，伊利葉。」

這瞬間，縹碧看到自己核心宮殿裡的箱子一口氣全數開啓，無數書本飛出，快速翻動的紙頁發出「啪啦啪啦」的聲音，宛如鳥類疾疾拍動雪白的羽翅。

每一張飛快翻掀的書頁上全寫著密密麻麻的紊亂符號，但流竄入縹碧體內時卻又自動轉換成他能理解的意義。

同一時間，在無人看得見的視野中，那些刻畫在牆壁上、看似毫無意義的凌亂線條閃過了一瞬即逝的光華。它們沿著那些刻紋遊走，最後全部匯集至縹碧面前。

縹碧將手指抽離蛇口，在光芒上輕輕一點。

明明身處室內，然而縹碧周身彷彿有強風吹拂，漆黑、末端纏著緋紅的長髮在風中飛舞，身形跟著起了變化。

纖細的少年體型抽高增壯，成爲一具成年人該有的成熟體魄。一身白袍在光芒浸染下也滲入其餘色彩，轉換成更爲低調華麗的衣飾。

光華凝塑出具體的輪廓，化作以古文字書寫的字體。

——伊利葉。

再慢慢地煙消霧散。

獲得新形態的縹碧握握手指，對現在這個模樣相當滿意。他微微一笑，覺得自己現在……

終於眞正完美了。

✣✣✣

時間在等待中一分一秒地流逝。

翡翠這時候格外想念自己世界的手機，如果有手機，就可以打個遊戲、刷刷網路、看看新的美食資訊，總比站在原地發呆好得太多。

而且這個原地發呆，還是不能改變姿勢的。

也就是說，他必須一直維持著兩腳開開的動作，等著斯利斐爾他們過來救援。

翡翠看天看地，再看看面前的實驗室大門，有些懊悔自己的好奇心了。要是當時沒有靠那扇門太近，他就不會誤觸魔法陣，就不會讓自己被動地陷入困境。

雖然現在說這些都太晚，改變不了眼下的狀況了。

「斯利斐爾。」翡翠在意識中有氣無力地哀嘆著，「你們到底還要多久久久久久久，我快要站麻了了了了。」

「在下聽您的聲音還很有精神，可以再站個一天一夜吧。」斯利斐爾冷血無情的回應傳了過來。

翡翠恨不得斯利斐爾能馬上出現在自己面前，這樣他就可以撲上去咬對方一口。他堅信對方血管裡流動的一定是焦糖或是楓糖，反正是好吃的糖漿就對了。

「再一天一夜，你眞的可以來替我收屍了。」翡翠沒好氣地說，「你們到底快來了沒？我無聊到把自己的名字都背上十幾次了。」

「很棒，您可以朝下一次前進。」

「哇，你眞的超欠揍耶。」

「在下自認比不上您，永遠都比不上您。」沉沉的聲音這次確切出現在翡翠附近。

翡翠一時還以爲自己恍神了，直到他又聽見一聲歡天喜地的「翠翠」，他急忙扭過頭，頓時見到瑪瑙噙著淚水朝他飛躍過來，直撲他的臉。

「啊。」翡翠只來得及發出這一聲，視野就被瑪瑙完全佔據，連珍珠和珊瑚都來不及看到。

「翠翠、翠翠……嗚嗚嗚，我好擔心，擔心死了，要是翠翠出事怎麼辦？」瑪瑙的淚水糊了翡翠一臉，「珊瑚和珍珠那麼堅強，獨自活著也可以的，但我沒有翠翠，一定沒辦法的……」

「珊瑚大人本來就很勇敢啊。」珊瑚嘀嘀咕咕，「但爲什麼覺得哪裡怪怪的？」

「嗯……」珍珠只是發出了一個意義不明的音節，順便阻止了珊瑚也想跳到翡翠臉上的衝動行爲，繼續乖乖待在斯利斐爾的肩頭。

「翡翠的腰是不是要閃到了呀？」蘿麗塔眨著單純的大眼睛，「伊迪亞，要是再加上一個幼女的抱抱，翡翠的腰是不是眞的會『卡嚓』一聲？但是他好像不喜歡幼女的抱抱。」

「殿下，這時候我們在旁邊安靜看著就好。」伊迪亞一臉認眞地攔住躍躍欲試的小公主，「而且幼女的抱抱非常珍貴，不能輕易交出去。」

沿路上的相處可是足以讓他明白，除了珊瑚外，珍珠和瑪瑙的性子壓根不若他們的外表般天眞無邪，尤其是瑪瑙。

沒了翡翠在場，那名白髮金眸的掌心妖精還是可以笑得那麼甜，但下手也可以最狠、最殘忍。

想想待會恐怕還有一段逃亡路程要應付，翡翠可不想在這種時刻眞的閃到腰，他趕緊小心將瑪瑙抓下，擱在胸前口袋。

「斯利斐爾，快來看看我腳下的這兩個魔法陣。還有我前面這間，我猜應該就是榮光會研究奇美拉的地方。」

斯利斐爾先望了一眼翡翠腳下，再靠近實驗室的大門。他靠得極近，但憑他特殊的體質，毋須擔心觸發任何警報。

一覽實驗室內的景象，斯利斐爾眼內滿盛霜雪，裡頭的一切無疑是對眞神的褻瀆。

「在下的建議是直接毀了這裡，裡面的東西不該留下。」斯利斐爾冷漠地說，「那些在培養槽內的不是死了，就是半死不活。」

「我沒意見，唯一的問題大概就是……你爲什麼要看著我說這話？」當斯利斐爾無溫的目光落至自己身上，翡翠無端有種不太好的預感。

「您觸發的是這裡的雙重防衛魔法陣，兩者倘若同時運作……」斯利斐爾自顧自地說，「就會啓動這裡的自毀裝置。」

「簡單來說？」翡翠的一顆心提起來。

「會爆炸。」斯利斐爾簡潔有力地給了三個字。

相當於踩在炸藥上面的翡翠還沒做出反應，旁邊的伊迪亞和蘿麗塔先震驚地倒抽口氣。

「爆……榮光會怎會想把自己的重要實驗室給炸了!?」伊迪亞錯愕地問。

「他們把人和魔物合成的事，被外界知道了可不得了吧。」翡翠倒是能明白，「魔法陣啓動的條件，應該就是我重心的變化吧。只要我一挪動腳步……」

「沒有任何防護的您，就會被炸飛了。」斯利斐爾輕描淡寫地敘述翡翠可能的下場，「當然，在下會盡力阻止這事的發生。在下數到三，把您的身體交給在下。」

「等等，我的魔力早就……」翡翠大驚，可來不及出聲阻止，斯利斐爾已將肩上兩隻小精靈塞到他手裡，身形旋即消隱，進入了他的體內。

這一幕讓伊迪亞和蘿麗塔看得目瞪口呆，蘿麗塔甚至連小嘴都閉不起來了。

翡翠的紫瞳邊緣霎時染上一圈紅，身子也跟著晃了晃，原本維持的重心登時改變。

直至先前都還穩定的星象圖紋即刻狂暴湧動，就算不是魔法師的伊迪亞他們，也能看出事情大大不妙。

斯利斐爾一接手翡翠身體的使用權，毫不猶豫地就選擇使用防禦系的魔法。

只是他怎樣也沒預料到，翡翠的魔力槽會是空得不能再空的狀態，讓他想榨出一絲魔力都沒辦法。

「您到底做了什麼！」

從這嚴厲的語氣，翡翠幾乎能想像出斯利斐爾忍無可忍的表情了。

可眼下絕對不是回話的好時機。

事實上，劇烈的波動正以翡翠雙腳下的魔法陣為中心點，同時釋放出來。兩股能量交匯在一起，瞬間形成了熾白的光芒。

白光大亮，蠻橫地奪去眾人的視力，讓他們一時間完全睜不開眼。

別無他法之下，斯利斐爾和翡翠只能同口同聲地大喊。

「珍珠！」

「知道了。」

溫呑稚氣的女聲一傳出，柔和的清輝頓如一泓明月亮起，擋在了翡翠他們之前。

不需冗長的咒語，精靈的天賦讓珍珠可在須臾間從元素那借到力量，施展出防禦魔法，隔絕所有來自爆炸的危害。

驚人的衝擊、熱度和強勁氣流，呈幅射狀往周圍擴散，埋藏在地底下的實驗研究室被輕易破壞殆盡。

巨大的轟鳴聲蓋過了所有聲響，橙紅色火光四冒，濃密的白煙隨之席捲而來。

在珍珠的保護下，翡翠等人沒有遭到一絲波及，但強光和噪音的侵襲多少免不了，他們花了片刻才總算緩了過來。

但爆炸沒有因此停止，藏著培養槽的實驗室陷入大火後，其他地方也陸續傳來爆炸聲響。

簡直像是有人按下了連環按扭，引發一陣陣激烈動盪。

「跑！」翡翠馬上把小精靈全塞進背包裡，與斯利斐爾、伊迪亞和蘿麗塔火速離開這個滿目瘡痍的地方。

伊迪亞和蘿麗塔更是直接變成蝙蝠形態，緊跟在翡翠他們身側。

第12章

眾人從另一扇金屬門逃出去，面對的是單一路線，不再是彎彎繞繞的迷宮。就算碰上了岔路，也能看到指引標誌，顯然這裡是實驗室人員在使用的。

大半座岩山似乎都在晃動，劇烈的震晃讓地下基地似乎隨時會面臨塌垮。

先是細小紋路攀爬，旋即更粗大的裂縫在地面、壁面、天花板快速延展，就像是一張張巨大蛛網分布其上。

伴隨裂紋越來越大，陸續有大小石塊崩坍，間或夾雜著一陣陣細密沙粒。

細沙和碎石混在一塊有如一場疾雨，遮擋了視線。

緊接在這場沙石雨之後的，是更爲巨大的岩塊從上砸落，閃避不及的人只能被壓成一團血肉模糊。

從別處通道可以聽見慘叫和哀號迴盪著，驚惶的大叫聲更是時不時傳出。

翡翠不敢大意，包包完全扣好，不讓小精靈找到機會冒出頭，以免發生危險。

而在翡翠嚴肅的叮囑下，就算是最大刺刺的珊瑚也克制著躁動的心情，不讓翡翠在這種危急時刻分心。

「伊迪亞、蘿麗塔，你們也進來我的口袋，預防萬一！」翡翠呼喚兩隻變回蝙蝠形態的暗夜族，要他們盡量節省體力。

猝不及防間，一塊大型岩石從上塌落下來，陰影將底下的翡翠等人徹底籠罩。

「——小蝴蝶！」

說時遲、那時快，一束水流往翡翠竄來，彷如鞭子纏捲住他的手腕，強悍的力量將他往外飛速一拉。

翡翠身體動得比腦袋快，在水流捲住他的同時，反手拽住斯利斐爾。他感覺他們就像一串地瓜，被操縱水流的人一口氣拔了出來。

巨岩墜地，發出重重沉響，激起一片塵沙，連地面也跟著爲之一震。

翡翠喘著氣，第一時間先檢查背包裡的三名小精靈和口袋內的兩隻圓蝙蝠，好在他們都平安無事。

他提起的心稍稍放下，這才抬頭看向前方一高一矮的兩道身影，「路那利？思賓瑟？你們怎麼還在這？伊迪亞不是應該叫你們先走了嗎？」

「天啊，嚇死兔了……」在路那利旁邊心焦得轉起圈圈的思賓瑟馬上停住動作，一個滑步衝到翡翠跟前，「翡翠你們還好嗎？有斷手嗎？有斷腿嗎？有斷哪個不能說的地方嗎？」

「正在往外逃，沒想到聞到你的味道，就停下腳步了。」路那利抓起喋喋不休的兔子玩偶，把它的兩隻小短手塞至它自個兒的嘴巴裡，堵住了它吵鬧的聲音。

路那利的說法讓翡翠差點想扯開自己衣領，往裡頭嗅一嗅，好在他的腦袋沒忘記現在該做的正事。

「快跑！這地方要塌了，我們得趕緊找出口！」翡翠左右張望想尋找路線指示，但或許是被震塌或毀壞了，四處都沒有看到。

「讓兔子來！」思賓瑟一把抽出塞在嘴巴裡的小短手，一馬當先地往最前面衝，「兔兔我對死死死死死死和殺殺殺殺殺的氣息最敏感了！哪裡有這些東西，哪邊就有我，跟著我跑！」

「給我跑和妳感應最強的相反方向啊！」翡翠才不想帶著他家最可愛的小精靈們一

起被埋這個鬼地方。

「對喔，兔兔小姐幹嘛自找死路！」思賓瑟緊急煞車，用力拍了下自己的額頭，隨後果決地轉了方向，本來要朝右邊岔路邁出的步伐登即轉向了左邊。

憑靠著咒殺玩偶獨特的感知能力，翡翠一行人一路驚險萬分地避開了不斷落下的岩塊，隨後在一陣散開的煙塵後看見了前端出現光亮。

是出口！

匯集在此的數條地道也陸續衝出其他身影。

這些人皆是榮光會成員，他們有的是奉命追回暗夜族公主和獵殺翡翠一行，有的是本來就長駐在實驗室內，專注其他方面的研發。

可誰也沒想到研究基地內的雙重防衛魔法陣會同時被觸發，進而啓動了自毀裝置。

縱然看見獵捕目標就在眼前，但榮光會的人顯然更在意自己的生命安危，一心只想逃離這個隨時會崩坍的基地。

震動更加猛烈，塌陷的程度也越漸加劇，倉皇逃出的人就像在沙漠裡四散的魚群，恨不得能離岩山越遠越好。

翡翠幾人一踏出出口，迎面而來的是燦爛的日光。

翡翠反射性抬手遮眼，他口袋內的兩隻蝙蝠也感受到光線的照耀，頓時從裡頭飛竄了出來。

伊迪亞和蘿麗塔飛得高遠，他們將底下景象看得仔細，待會才好引導翡翠選擇人少又安全的路線。

雖說已逃離瓦倫蒂亞黑市名義上的範圍，但誰知道擺脫危險的榮光會手下會不會轉頭又再來追捕他們。

「殿下，妳先回翡翠的口袋待著。」伊迪亞擔心蘿麗塔金黃色的身形太顯目。

「好喔，我……」蘿麗塔本欲聽話調轉方向，可忽然納入視野內的奇異黑點讓她心生詫異，「伊迪亞，那是什麼？那是什麼？有東西從天空飄下來了！」

伊迪亞以為是沙漠的天氣又要再起變化，急急朝上觀望，映入眼中的卻是漸漸增多的漆黑絮狀物。

它們從高空突兀落下，就像一場突如其來的……黑色的雪？

蘿麗塔加快速度，一晃眼就將一小團黑色用兩隻小爪抓了下來，「伊迪亞，你看，黑漆漆的……啊，融化了。」

「殿下，別亂碰奇怪的東西，我們趕緊下去通知翡翠狀況。」伊迪亞仰望著上空的點點黑屑，雖說神棄之地的氣候極端且多變，可據收集到的資料來看，從未聽聞過降下黑色的雪一事。

這真的是雪嗎？

懷抱著憂慮的心情，伊迪亞與蘿麗塔一同折返，還在高空的他們或多或少又沾到了一些疑似黑雪的東西。

他們很快俯衝至翡翠身邊，轉眼變回人形。

高大俊美的劍士托抱著紫髮銀眸的小女孩，向翡翠匯報狀況。

「翡翠，往東北東前進，那邊人最少，沒有魔物出沒跡象，也可以避開碉堡。另外要注意天空似乎正降下古怪的雪。」

「古怪？有多……」剩下的聲音隨著翡翠的仰頭而中斷，那雙紫瞳猛地收縮，彷彿難以相信自己正目睹的景象。

緊接著，有更多人注意到來自上空的異狀。

人們看到了比夜色還要漆黑的東西一點一點地飄下。

是黑色的雪落了下來。

這場黑雪來得猝不及防。

沒人想過瓦倫蒂亞沙漠裡居然會降下顏色怪異的雪。

一時間，從岩山內部逃出的人群不由自主地停住腳步，抬頭向上看，大睜的眼睛看著漆黑雪花越來越近。

「黑色的雪？雪爲什麼是黑色的？」思賓瑟奮力跳高，想要儘可能地與黑雪拉近距離，「兔兔我想看，想看！」

「別碰那些黑雪！」斯利斐爾嚴厲的嗓音像條鞭子，毫不留情地抽打在翡翠一行人身上。

但沒有遮蔽物的漫漫黃沙中，他們根本找不到地方躲避，返回山內又是自找死路。

漫天黑雪眼看就要飄落下來了。

危急之際，如皎皎明月的淡白光輝再次自翡翠背包內亮起，呈輻射狀地往外擴散，宛若一層光罩覆蓋在翡翠他們周邊，隔絕了黑雪的碰觸。

「翠翠。」背包的袋蓋不知何時被推開，珍珠探出頭，輕聲地道著歉，「沒有經過你的同意，我把你放在包包裡的東西都吃完了，對不起。」

「沒事。」翡翠知道珍珠暗指的是晶幣，他以指尖撫過珍珠的髮絲。在取回片段記憶後，如今他只覺得任何事物都比不上小精靈們重要。

翡翠留意到瑪瑙和珊瑚都跟著從包裡冒出一雙眼睛，但又一副不敢貿然出來的小心模樣。他心頭一軟，想到眼下已到了沙漠，又有光罩的保護，乾脆把三隻小精靈都撈到懷裡。

「珍珠，還撐得住嗎？」翡翠詢問道。

「嗯，只要雪的範圍不要太大，應該可以撐到脫離。」珍珠緩緩地說著。

在光罩的守護下，翡翠幾人加快逃離的速度。然而要不了多久，他們就被迫停下了奔跑的步伐。

不是因爲四下忽然響起的驚叫。

「怎麼回事？怎麼回事！」

「不要啊啊啊啊啊啊！」

「救命！救救我——」

而是源自於他們的同伴，蘿麗塔和伊迪亞。

將頭髮染成灰紅色的男人忽地一個踉蹌，跌跪在地……不，他不是跌跪下去，而是他的左腳不知何時崩散成片片黑灰。

「什……」伊迪亞茫然睜大眼，第一時間想到的卻不是自己的安危，而是心繫自己抱著的蘿麗塔，「殿下，妳有沒有……」

但是伊迪亞的喊聲忽地卡在喉頭，他駭然地看著被自己托抱住的小女孩。

紫髮銀眸的小女孩看起來比他更加茫然，似乎不明白自己的下半身怎麼忽然就沒了知覺。她低下頭，納入眼中的不是華美的裙襬，她的裙子和雙腳消失不見了，取而代之的是彷彿永無止盡飛揚的灰燼。

一向最呱噪的思賓瑟像被絞住聲音，張大嘴，卻不知能嚷出什麼。它甚至不知道現在發生了什麼事，這完全超出它一隻兔子的思考能力。

伊迪亞惶恐地看著蘿麗塔，他覺得眼前上演的是場惡夢，對蘿麗塔而言亦是如此。

同一時間，騷動和混亂也在各處爆發。

不單單是伊迪亞和蘿麗塔而已，有些榮光會的人也在化成灰燼，恐懼頃刻間就在沙漠上蔓延開來。

「斯利——」翡翠簡直不敢相信自己眼前所見，他下意識地喊著這世界他最信賴的人的名字。然而才剛吐出兩個音節，纏繞在他掌心上的金黃絲線無預警又迸發出光芒。

這一次的光輝越發耀眼，像是要將整座瓦倫蒂亞沙漠都籠罩在內，凡是沾碰到白光的一切，都靜止了時間。

飄落的黑雪和飛起的沙粒都像被按了暫停鍵，懸停在半空。人們更是一動也不動，就連三名小精靈和斯利斐爾也像被凝固在時光中。

人們驚恐的尖叫前一秒還在耳畔縈繞，這一秒卻像被乍然剪斷。

所有東西都靜止了，所有聲音也消失了。

除了翡翠以外。

綠髮的精靈王怔怔然地看著周遭，只覺自己彷彿置身在一幅光怪陸離的場景裡。

他只是茫然地一個眨眼，曾經在夢境中見過的倒轉現象猝不及防地出現。

那些軀體正在潰散成灰燼、或是已完全成了一地灰燼的人們，彈指之間全都回復原狀，好像那些駭人恐怖的事情從未發生一樣。

他們維持著瓦解前的姿勢，宛若一座座凝滯在黃沙之上的雕塑。

彷彿與翡翠掌心融爲一體的金色慢慢升起，匯集成一個光點。

緊接著光點越來越大，形狀也在逐漸發生變化，最終在翡翠面前定形出一個具體的輪廓。

白光盡數退散，曾經有過一面之緣的褐髮劍士與白髮小女孩就站在光芒消散之處。

「眞神……」翡翠喃喃地喊出在這片大陸上最至高無上的那個稱呼，「你們醒過來了嗎？」

「不，吾和謝芙依舊在沉睡。吾說過了，這只是你跟吾等相連在一起的夢境，只不過這次不是奇蹟促成。」羅德的指尖在空中虛點一下，金艷的水滴狀血珠平空出現，「而是吾和謝芙的血。」

「眞神之血？」翡翠回想起那個古怪的藍綠色空間，「我掉進的那個地方，眞的是眞神你們的……呃，澡池嗎？」

「你猜？不管那是何處，你只要知道是吾和謝芙曾待過的地方即可。對了，你可以喊得親切一點沒關係，吾等都是什麼交情了。」披著青年形象的羅德咧開了爽朗的笑容，橙橘色的眼珠就像溫暖的夕陽光輝。

「羅德，你在睡夢中也能撞壞腦子嗎？」小女孩外貌的謝芙依然冷若霜雪，似乎只要稍微靠近一些都會被不留情地凍傷，「汝和這些微小之物何來的交情？」

「別這樣說嘛，翡翠是吾和妳選中的精靈王，吾等把他拉過來，也是費了一點心力。」羅德感嘆地說道：「畢竟異界裂紋不是那麼常出現的。」

「異界裂紋？就是連接我的世界和這個世界的通道嗎？」翡翠急促地呼吸著，「它曾經開啓過幾次？你們除了我之外，還曾帶回了什麼東西？還有他們……蘿麗塔、伊迪亞，那些身體突然崩潰的人，他們的身上到底發生什麼事？爲什會突然間……」

「你忘了嗎？」羅德凝望著祂們所創造出的萬物，眼神平靜又好似帶著一絲悲憫，「斯利斐爾曾經讓你看過的影像，關於這個世界的毀滅。」

翡翠愣了片刻才總算從記憶裡撈出羅德說的東西。

《法法依特大陸毀滅記》。

剪輯、文字、配樂，全出自斯利斐爾之手，當初對方對這份作品還相當矜傲自豪。只要想起開頭，後續就自然而然地湧入了腦海。

翡翠記得在那部影片中，美麗閃耀的世界裡忽地自天際飄下黑雪。它們就像被吹散的火山灰，起初只飄落在小範圍土地上，一沾上地就消融得無影無蹤，可範圍很快越擴越大，終於籠罩了南北兩塊大陸。

本來充滿富饒色彩的陸地轉眼就被不祥暗黑覆蓋，黑色爬上世界各處，所有能看到的一切都被黑色侵蝕殆盡。

洋溢蓬勃生機的法法依特大陸和海洋被死寂覆蓋，終焉到來，成爲黑色的世界。

「難道說蘿麗塔和伊迪亞他們……」翡翠後背竄過顫慄，旋即一股寒意從腳底直衝上腦門，「所以他們會變成這樣，都是碰到黑雪造成的!?但其他人……有的人明明也碰到黑雪，可是他們沒有異常啊！」

「別那麼著急，在彼此的夢分離之前，時間都是靜止的。你想知道的問題，吾會盡所能地回答你。」羅德親和的態度一點也想像不出祂是高高在上的眞神，反而更像是個鄰家大哥哥。

電光石火間，翡翠已把想知道的重點在心裡羅列出來，然後連珠炮地發出質問。

「黑雪的危害性、蘿麗塔他們的安全、異界裂紋的開啓頻率和所帶回的物體！我想知道這四個！」

「呵，你這四個問題的範圍，差不多涵蓋四百個問題吧。」謝芙冷冷地嘲諷。

「前兩個可以放一起講，吾就先說前兩個吧。」羅德揉揉謝芙的白髮，像在安撫小動物，「你現在所看到的，就是黑雪帶來的災禍。黑雪會侵蝕世上一切生物，吾等也不知它們從何而來，當吾等注意到的時候，它們已爲這個世界帶來難以逆轉的傷害。」

羅德沉穩的語氣徐徐爲翡翠勾勒出祂們所面臨的困境。

祂們試圖讓世界時光倒轉，將完好、尙未被破壞的世界截取出來，讓它可以重新走向好的發展。

第一次失敗了，祂們重新再來，對世界做了微調，可結果依舊一樣。

祂們嘗試了很多次、很多次，每次都做出不同改變，但迎來的結果依然相同。

黑雪一樣會降下，這片大陸同樣會被無生機的黑色覆蓋。

迄今爲止失敗了九十八次。

在不斷的保留與讀取之間，羅德、謝芙的力量被消耗得差不多，最終僅剩下一次重來的機會。

思及先前的改變都是徒勞，祂們毅然轉換想法，決定尋求外力。

於是便有了翡翠的到來。

「異界裂紋並非由吾等控制，吾等亦不知它是何時出現。吾等最多是能感應到它即將現世，並利用它短暫地接連此處以外的世界。但倘若沒有吾等的允許，異界生物將無法進入法法依特大陸。」

羅德一抬手，他們四周的天空撕開一條粗大的裂縫，縫隙內是扭曲的幽暗，就和翡翠在過去記憶中看到的一樣。

倏然間，異界裂紋內隱約有東西在蠢蠢欲動，並朝著裂口方向逐漸靠近。它們的形體有大有小，但當它們的身影甫一出現，裂口前就會瞬息亮起白金色的光絲。

它們縱橫交錯，星羅棋布，那光景極美，可展現出的力量卻也是壓倒性的。

所有未經同意想要穿過異界裂紋進入法法依特大陸的東西，都會被眞神設下的保護網絞得不復存在。

羅德用行動告訴翡翠，假如眞的碰巧有異界之物透過異界裂紋流落過來，便會迎來這樣的下場。

「而就吾等所知……」羅德說道：「目前尚無可以往來多界的高等智慧存在。通常會過來的，都是無意間被捲入異界裂紋的生物，它們會本能地尋找出口，就如同飛蛾撲向烈火。」

「汝能過來，也是因爲吾和羅德同意讓汝過來。」謝芙的眼眸淡淡地瞥向翡翠，那雙剔透如水晶般的眸子清晰又無溫地映出翡翠的身影。

「那麼，再來說說黑雪，它的出現讓吾等始料未及。」羅德再一揚手，異界裂紋消失，懸停在空中的黑雪霍地往他們方向靠近。

在如此近距離下，翡翠發現那其實不是六角結晶狀的雪花，而是單純的黑色碎屑。

換謝芙缺乏抑揚頓挫的漠然聲音響起。

「黑雪造成的傷害依生物體質而定，這就像生物生病一樣。體質和力量越強大的，受到的危害和影響程度就越慢。對，只是慢，但終究會被侵蝕，化爲灰燼。」

「一旦被黑雪沾碰到皮膚，或是進入體內，表面會陸續出現黑色的斑點或紋路。汝可以把它想像成某種毒素，即使只沾到一點點，但它會隨著時間自行積累擴散，在體內生成越來越多，等到達一個限度的時候……」

羅德把話接了下去，「吾想不用吾等多說了，你剛也看到了結果。」

「那些黑色的斑點和紋路……」翡翠頃刻像被澆了一盆冷水，溫度似乎一併被剝離。他回想起蘿麗塔和伊迪亞手上的黑紋，包括兩名當事者在內，他們都以爲那是吃了毒菇造成的副作用。

可原來……那是他們早就沾過黑雪的證明嗎？

「若以暗夜族和人類來舉例，人類的體質遜於前者一籌，影響在他們身上會顯露得更快。但有個要注意的地方。」羅德像是不經意地往蘿麗塔和伊迪亞的方向淡淡一瞥，「假如已經碰過或是誤食一次黑雪，那麼一旦再次碰上，就會如你現在所見，翡翠，就如你身邊的暗夜族。」

翡翠恨不得自己的思緒能動得更快、再更快。

如果說到蘿麗塔曾誤食什麼遭到黑雪污染的東西，最有可能……就是造成暗潮提前爆發的星星糖了！

星星糖是由馥曼邊境村莊的孩童所贈送，來源則是馥曼城主府。

有關星星糖的細節翡翠記得一清二楚，那些都是由他們連夜趕工包裝完畢，他們自己也有吃，沒聽說過有誰的身體出了毛病。

他們在馥曼城待了幾天才離去，那幾天並沒有降下黑雪，之後也未曾從卡薩布蘭加和鬱金兩位負責人那收到相關消息。

而小村座落馥曼邊界，靠近浮光密林的外圍，要是那邊曾下過黑雪，暗夜族不會沒發覺。

如此一來，時間點和地點便很好推論——村中孩童送出去的星星糖，恐怕就是在遠離馥曼城，並且尚未回到村裡的那段路上沾染到黑雪。

也就是說，原來黑雪早在不知不覺中……就已經在他周遭出現過了。

但伊迪亞又是何時接觸到？這是翡翠無論如何都想不明白的一點。

「那……那些人，那些榮光會的人。」這問題才脫口，翡翠內心驀地有了答案。他睜大眼，一個名詞自動浮上心頭。

光榮之池。

白薔薇說過黑雪曾在西科附近出現，瓦倫蒂亞黑市正好鄰近西科。黑雪從岩山的裂口飄入池裡，污染了池水，再進入榮光會高層的腹內，也不是不可能發生的事。

「夢的接連要消失了。」謝芙稚氣的聲音沒有絲毫起伏，令人想到無機質的機械音，「汝該醒了。」

「等一下！黑雪的危險性……斯利斐爾為什麼沒告訴過我！」翡翠抓緊最後時間，萬分迫切地問。他以爲只要找到黑雪的源頭就好，可從來沒想過黑雪的危害如此巨大。

「啊，那孩子剛誕生不久，所以對實際事情並不了解。他只是將吾等賦予給他的毀滅記錄重新呈現，並沒有親身經歷過黑雪，你可別怪他。」

羅德的笑意和眼神還是如此溫暖，可他接下來吐出的話語，卻讓人如墜寒冬。

「你得加把勁啊，翡翠。否則時光不會倒轉，世界不會重來，被破壞的不會恢復。已逝之人，終究已逝。現在，把吾和謝芙的這滴血吸收進體內吧。」

隨著最後一個音節落下，謝芙潔白的小手往翡翠眼前拂過，令他不由自主地閉眼。

同時兩位眞神的身影如同泡泡破碎，沒有留下存在過的痕跡。

翡翠睜開眼，從他的眼睫垂下到掀揚的這一剎那，上一秒的安然平和在下一秒驟如鏡花水月盡數破碎。

一具具軀體的崩潰都還在進行，從未被成功逆轉。

包含暗夜族的公主和她的近衛在內。

蘿麗塔和伊迪亞不知道發生什麼事，他們明明沒有感覺到時間流失，但腦內卻自動植入了片段畫面和聲音。

在某一個轉瞬即逝的時間點中，他們看見了眞神的存在，卻無法看清眞神的相貌。

除了眞神賜予恩寵，否則斷不能直視神。

蘿麗塔不知道伊迪亞有沒有聽見眞神的聲音，在那兩道至高無上的存在消失前，祂們對她說了一句話。

「星星，被雪污染了。」

星星怎麼可能會被雪污染？

蘿麗塔懵懵懂懂地想著這個問題，同時神棄之地裡的黑雪已經不再飄下。它們來得是如此突如其來，消失得也是同樣毫無預警。

蘿麗塔能感覺到被黑雪沾到的皮膚傳來刺燙，源頭赫然是那些黑紋。她反射性摀上了手，看見伊迪亞和她做出同樣的動作。對方手背上的黑紋如此刺目，扎痛她的眼，也讓所有困惑一口氣有了答案。

雪是黑雪，而被黑雪污染的也不是真的星星，而是……

星星糖！

隨著這三個字在腦海內炸開，蘿麗塔整個人如墜冰窖，就連那具小小的身軀也不住在顫抖。

都是星星糖造成的嗎？不管是提早爆發的暗潮，還有自己和伊迪亞現在的模樣……

這念頭一浮出，頓如一條無形的繩子緊緊勒住蘿麗塔細白的脖子，讓她呼吸困難。

「不、不……不……」蘿麗塔撲進伊迪亞懷裡，她的腰下已完全崩散成焦黑的碎片與更細的黑灰。但她似乎毫無所覺，只是不停地哭泣，豆大的淚珠一串串掉下來，砸在黃沙上，留下微深的印子轉眼又被吸收。

蘿麗塔看向伊迪亞的眼神充滿絕望和後悔，感覺整個世界像陷入了天旋地轉。

全部都是我的錯，是我害了伊迪亞……

「對不起，伊迪亞……對不起……」蘿麗塔哭得像要喘不過氣，可怕的罪惡感幾乎壓垮了她，也奪走了她眼裡的天眞無邪。

如果不是我、如果不是我，伊迪亞也不會落得同樣的下場……

她終於明白身軀為什麼會像灰燼剝落了，也終於知道伊迪亞為什麼會跟她一樣。

是那半顆星星糖。

其實那時候她沒有全部吃完，那天是伊迪亞負責陪伴她的，她覺得甜甜的食物會讓伊迪亞更有精神一點。

所以、所以……

她偷偷地把一部分的星星糖磨成粉，加進了伊迪亞的番茄汁裡面。

她是個壞孩子，才會連漢娜也不願意和她當好朋友，現在連伊迪亞也要被自己害死了……

是她害得伊迪亞會跟她一起死掉！

如果伊迪亞沒有吃下糖果，就算現在碰到黑雪，也不會變得跟她一樣！

如果不是她……

蘿麗塔哭得不能自已，她的雙手在不知不覺間散成灰，連抓住伊迪亞也做不到。

她布滿淚水的小臉上全是害怕，她害怕伊迪亞也會變成她這樣，她不要伊迪亞不見，她想要他好好的。

「我是壞孩子，對不起，伊迪亞……如果不是我、我偷偷把糖果放進你的番茄汁……」蘿麗塔哭得直打嗝，連話都說得斷斷續續，那雙銀白的眸子像關不上的水龍頭，止不住地流出淚水，「我不要！不要你死掉！」

身體瓦解崩潰的過程實際上沒有太大痛覺，除了烙著黑紋和黑斑的皮膚傳來螫咬般的灼痛感，這讓伊迪亞還有足夠餘力對蘿麗塔露出溫柔包容的笑容。

他多想告訴他的殿下，這一切都不是她的錯，他一點也不希望瞧見那雙圓圓的眼睛失去純真。

可惜他再也不能抱著他們的小公主好好安慰她了。

他沒有手，也沒有喉嚨了。

再然後，什麼也沒有了。

他們再也沒辦法一起回去了。

尾聲

佩琪和黑薔薇、白薔薇是循著黑雪的蹤跡，從瓦倫蒂亞沙漠的另一端過來的。

佩琪第一眼看見蘿麗塔和伊迪亞的時候，露出了滿臉驚喜的笑容。

然後她的一切喜悅凍住，血液像一口氣被抽空。她看見熟悉的朋友和最重要的公主瞬間化爲焦黑碎片，再散成大把灰燼撲簌簌地落下，轉眼與黃沙混在一塊。

他們兩人甚至來不及發現她的到來。

佩琪如遭雷擊，聲音全被扼殺在喉嚨裡，眼前駭人至極的光景讓一段不曾被她重視的對話猛然躍上心頭。

那個在加雅附近的小村莊，那名灰髮老村長的感嘆。

「……發現到瓦倫丁一家好幾天都沒出現的時候，我們就上門查探了，裡面一個人也沒有，東西也都在，但是屋內的地板上不知道爲什麼堆了厚厚一層灰。」

佩琪全身控制不住地顫抖，她終於知道行蹤不明的瓦倫丁一家在哪裡了。

那些灰……

瓦倫丁一家曾吃下星星糖。

殿下也吃過。她還知道，殿下甚至偷偷分了點給伊迪亞。

所以他們都化成灰了！

不不不！

除了暗夜族的兩人以外，部分從岩山內奔逃出來的人們也是同樣下場。

一道道立著的身影，都在接下來的時間瓦解成大把大把灰燼。

就如同眞神所說，時間之河只會朝著前進的方向流動。已經發生過的，就註定是發生過的，無法改變結果。

不管是蘿麗塔、伊迪亞，以及那些二度碰到黑雪的人。

「不要啊啊啊啊啊啊啊——殿下！伊迪亞！」紅髮女法師發出的號叫宛如失去幼崽的母獸，劃破了被夕陽映照得橙紅的沙漠。

更多的驚叫哀號此起彼落響起，誰也不能接受身邊人猝然化成一地灰的事實。

饒是見慣大風大浪的路那利，也被這幕震愕得變了臉色。

思賓瑟揪住自己的長耳朵，嘴巴張大，卻因爲面前的景象而衝擊得發不出聲音。

翡翠緊緊抱住三名小精靈，幾近麻木地望著他改變不了的一切。

斯利斐爾的神情如往常般平靜，彷彿在他眼前上演的只是再尋常不過的人生百態。

「殿下！殿下！伊迪亞！」佩琪衝上前來，發了瘋似地想把那些灰燼都抱在懷裡。但無論是黃沙或黑灰，都不停地從她的指縫間滑落。

佩琪神情茫然地跌跪在沙漠上，捧在胸口前的雙掌什麼也抓握不住，她不知何時已淚流滿面。

相較佩琪陷入了重大打擊，黑薔薇、白薔薇震驚過後便開始採取行動。

「白薔薇，別讓這些人都跑了。」黑薔薇的嗓音依然微弱得像會被風吹散，「先做記號，之後得從他們身上獲得更多情報。」

倖存下來的人們被這場變故震駭住，他們不敢置信地看著自己認識或不認識的人，在彈指間就化成了灰，自然誰也無暇注意兩名塔爾負責人。

「沒問題。」白髮少年眼睛眨也不眨地把自己的左手手掌砍下。

沒有一滴鮮血噴灑，脫離手腕的手掌還未落地便化作萬千絲線，自動飛往黑薔薇的十指間。

總是安靜得像道影子藏在白薔薇光輝之後的黑髮少年，這一刻主動走至了光下。

白薔薇仍面上含笑，可眼睛此刻剔透如兩顆玻璃珠，不見以往的一絲人氣和溫度。

他佇立在黑薔薇身邊，乍看下竟恍如一尊漂亮但沒有生命的人偶。

黑薔薇手握千絲萬縷，眼神沉淡如水，動起來的身姿靈巧優雅，髮絲和衣襬隨之飛舞，旋動間猶如沙漠裡盛開的一朵黑白花朵。

纏繞在黑薔薇指間的無數絲線沖天而起，又像流星朝四面八方墜落。它們彷彿被灌注了生命力，自動追尋那些還存活著的人們。

當有人驚覺到從天而降的閃光之際，銀白絲線已然纏繞上他們的手指、脖子、腳踝，或是身軀的任一部位。

凡是被絲線纏住的人，都感覺自己失去剎那的行動力。他們有如被按下暫停鍵，被迫在原地靜止數秒，之後才重獲自由。

一發現自己能夠自由活動，還存活的人們不是跪在地上對著消散成灰的親友哭泣，就是驚慌失措地一心想逃離這個地方。

翡翠沒想到會在這個時間點，聽見那道已經不陌生的聲音再次響起。

「確認，能量獲得。宣告，法法依特大陸距離毀滅——尚餘兩百二十天。」

「額外獎勵觸發，獎勵內容——獲得一個記憶盒子，擁有者可隨時選擇保留或開啓某人的記憶，須要啓用時將由眞神代理人從旁協助執行。」

甚至還第一次成功觸發了額外獎勵。

在經歷了過去片段記憶後，也許翡翠會對這個記憶盒子生起幾分好奇，但不是現在，絕對不是失去同伴的現在。

他看著蜷曲身體的佩琪，看著還活著的其他人。

「神啊，求求祢們……」

陷入悲慟與恐慌的人們哀求著眞神賜予奇蹟。

但就像是在呼應瓦倫蒂亞沙漠的別稱，眞神放棄了這裡，奇蹟沒有發生。

這裡是……

神棄之地。

《我，精靈王，缺錢！06》完

後記

歡迎來到後記時間！

這裡會爆很大的雷，建議先看完前面內容再跳到後記。

上集說過第五集是個轉折，那麼第六集就是一個更大的轉折了。

後面的發展有沒有讓人驚嚇意外到？

其實在寫第五集的時候，蘿麗塔和伊迪亞的結局就已經先想好。

然後就是翡翠跟縹碧。

翡翠看見了過去的部分記憶，雖然還是想不起來自己是誰；而縹碧，則是直接升級了XD

我都叫他「2.0縹碧」！

第六集的封面人物就是升級完畢的縹碧，看起來更有氣勢了對不對～而且周圍還環繞好多金閃光光的物品，讓他整個人就是貴氣萬分，很符合他心心念念的完美了。

初次正式碰上黑雪的翡翠一行人，接下來就要爲了讓世界重啓而努力了。

他們的下一個挑戰就留在第七集再告訴大家。

再來聊聊最近的日常～

防疫期間，眞的很多習慣都被改變了，希望在這本書上市的時候，情況已經穩定許多，大家也能恢復正常的日常。

同時也希望我身體的毛病能大幅改善，要是治好就更好了！

大概是從四月初，開始出現不間斷耳鳴的現象。這個眞的超麻煩，平常要是覺得身體不舒服還可以睡個覺，讓自己暫時忘記這回事。

但耳鳴不行。

睡覺反而像一種酷刑，因爲一躺下去，耳朵的聲音就變大，最後整個腦袋都在吵，聲音是很高頻很尖銳的那種。

即使開著電風扇，耳鳴的聲音都能蓋過它的聲音……必須靠吃藥才行入睡。

診所醫生直接叫我去掛大醫院的門診做檢查，從耳鼻喉科看到神經內科，得出的結論都是壓力大，但開的藥都沒有改善症狀。

所以後來又衝去大甲看另一位醫生了，第一次知道從台中市區騎車到大甲原來那麼遠……

來回將近三小時，天氣還特別熱，感覺自己都要被烤熟了啊。

總之，拜託書上市的時候，我的耳鳴問題和疫情狀態都趕快好轉吧！（合掌祈禱）

醉琉璃

心得感想區QR Code
歡迎大家上來分享唷！

Elf, foods,
and save the world!

Elf, foods,
and save the world!

我，精靈王，缺錢！

Elf foods and save the world

【下集預告】

黑雪落下，悲劇無聲降臨……
為了挽救逝去之人、重啓世界，
翡翠必須加快腳步，完成最終的世界任務！

得知黑雪的危險性，羅謝教團與翡翠等人接觸，
然而前來的少女先知卻帶來了不祥預言。
少女說：「你們當中，將有人死去……」

面對死亡陰影的籠罩，
繁星冒險團該如何踏出下一步？

〈所以我掀翻了真神的桌子〉

2021年夏，敬請期待！

國家圖書館出版品預行編目資料

我，精靈王，缺錢！/ 醉琉璃 著.
——初版. ——台北市：魔豆文化出版：蓋亞文化發行，2021.07
冊；公分.（Fresh；FS186）
ISBN 978-986-06010-2-2（第6冊：平裝）
863.57 109020679

fresh FS186

06

作　　者　醉琉璃
插　　畫　夜風
封面設計　莊謹銘
主　　編　黃致雲
總 編 輯　沈育如
發 行 人　陳常智
出 版 社　魔豆文化有限公司
發　　行　蓋亞文化有限公司
地址：台北市103承德路二段75巷35號1樓
電話：02-2558-5438　傳眞：02-2558-5439
電子信箱：gaea@gaeabooks.com.tw
投稿信箱：editor@gaeabooks.com.tw
郵撥帳號 19769541　戶名：蓋亞文化有限公司
法律顧問　宇達經貿法律事務所
總 經 銷　聯合發行股份有限公司
地址：新北市新店區寶橋路二三五巷六弄六號二樓
電話：02-2917-8022　傳眞：02-2915-6275
港澳地區　一代匯集
地址：九龍旺角塘尾道64號龍駒企業大廈10樓B&D室
電話：+852-2783-8102　傳眞：+852-2396-0050
初版一刷　2021年 07月
定　　價　新台幣 260 元
Published and printed in Taiwan

ISBN 978-986-06010-2-2

魔豆

魔豆